欣梦享
ENJOY LIVING

在路上

郭刚堂 著

海峡出版发行集团 | 海峡文艺出版社

图书在版编目（CIP）数据

在路上 / 郭刚堂著 . -- 福州 ：海峡文艺出版社，
2024. 10. -- ISBN 978-7-5550-3859-7

Ⅰ . I267.1

中国国家版本馆 CIP 数据核字第 2024QE0451 号

在路上

郭刚堂　著

出 版 人	林　滨
出版统筹	李亚丽
责任编辑	邱戊琴
编辑助理	王清云
特约策划	杨　琴
出版发行	海峡文艺出版社
经　　销	福建新华发行（集团）有限责任公司
社　　址	福州市东水路 76 号 14 层
发 行 部	0591 — 87536797
印　　刷	三河市兴博印务有限公司
厂　　址	河北省廊坊市三河市杨庄镇大窝头村西
开　　本	880 毫米 × 1230 毫米　　1/32
字　　数	138 千字
印　　张	7.25
版　　次	2024 年 10 月第 1 版
印　　次	2024 年 10 月第 1 次印刷
书　　号	ISBN 978-7-5550-3859-7
定　　价	59.80 元

如发现印装质理问题，请寄承印厂调换

只要还在路上，
就一直有希望。

目录

那一天，后半生

　　1997 年 9 月 21 日，是我人生的转折点，更是我永远都不会忘记的一天。

　　那天之前，我是一个孝顺的儿子，是一个撑起小家的丈夫，是一个陪伴孩子成长的父亲。

　　那天之后，我成了别人口中"万里走单骑"的寻子父亲。

　　那天早上，我如往常一样出门，开着拖拉机给工地送货。中午，我抽空回家里吃了顿午饭。下午，我继续去建材市场购买工地所需的材料，再给工地送去。直到此时，那天都没什么不同，过得普通而顺利。

　　如果非要说有什么不同，就是那天太顺利了！我那天拉的是白灰，上午卖了一车，下午又卖了一车。看着工地负责人放在我手心里的钱，我心里美滋滋的，觉得今天真好，有谁能比我还幸福呢?

我的老家在山东聊城一个叫李太屯村的村庄，祖祖辈辈都在这片土地上刨食（种地），大家生活都不算富裕。直到20世纪90年代，才有所改善。那是个万物充满生机的年代，各行各业几乎都迎来了新的生机。很多青壮年已经不满足于做农活来赚钱了，有些人去南方打工，还有些人考了驾照，开始跑运输，都赚了不少钱。

看到家乡的种种变化，尤其是那些跑运输的年轻人赚到了钱，我也动了心思，也想去考驾照、跑运输。说干就干，第二天我就去驾校报名。不问不知道，一问吓一跳，好家伙，报名费竟然要两千八百块，在那个时代可是一笔巨款。我知道父母没有太多积蓄，很难为我掏出这么一大笔钱。惦记那么久的事情，突然间就成了泡影，我心里别提有多难受了。然而，当时的我并不知道，这种失望不算什么，比这更大的挫败和绝望会伴随着我二十多年，如影随形，一次又一次上演……

后来，我跟亲朋好友借了钱，他们听说我是为了学技能，这家几百、那家几百地帮我把学费凑了出来。学车的过程很顺利，我很快就拿到了大货车的驾驶证。

　　那时候，通过乡亲们的介绍，我认识了张文革，她后来成了我的妻子。她觉得我踏实可靠，我觉得她贤惠顾家，于是我们顺理成章地订了婚。没有甜言蜜语，没有浪漫约会，那时候谁都不在意这些虚头巴脑的东西，都是想好好过日子的老实人。

　　我向她坦白为了学开车欠了债的事，说的时候我多少有点心虚，毕竟不管是谁，刚订了婚，小日子还没开始呢，就背上了债务，肯定都不会高兴，但文革却毫不在意，她说："担心啥？我帮你一起还！"

　　那一刻，我在心里认定了，这辈子我的妻子就是她了。从今天往回看，我的眼光没有错，日后的风风雨雨中，她始终无比坚定地站在我身边，给予我所有的信任。

　　很快，我和文革结婚了。父母替我们操持了一个非常简单的婚宴，就是把大家伙叫来吃了顿流水席。那一天，文革穿着一身大红的衣服，在阳光的照耀下特别好看。两身新衣二百二十块，是我们结婚时买的最贵的东西，除此之外，就没添置什么像样的东西了，每次想来我都满心愧疚。

　　就这样，文革嫁到了我家，进门后不久就真的拿出私房钱帮我还了债，我们的小日子徐徐展开了。

　　当时改革开放正如火如荼地进行着，国家投入了很多资金来完善基础建设，需要运输的材料特别多。然而，运输司机并不够，所以运输队里每个人的工作量都是饱和的。用当时运输队的话说，就是"只要你肯拉，就有拉不完的货，就有赚不完的钱"。我当时已经考到大货车的驾照，如果加入运输队，就算是在最合适的时间里做了最合适的事，即将吃到时代的红利。

但我毕竟太年轻，又一穷二白，虽然隐约感受到一片大好的形势，但心里是没底的，不知道运输队会不会要我，不知道能不能赚到钱。但我这人，向来是但凡有一线希望就不轻言放弃，更何况我的家人还无一例外地支持我。文革对我说："怕什么，你去外面闯去，我在家呢！"我父母则说："你在外面好好干，大不了回家来，家里不会短你一口吃食。"

于是，为了我的父母和妻子，为了这个家，我去运输公司申请包车（租车），经过考核和各种手续，终于成功包到一辆大货车（大板车）。成了一名大货车司机后，我每天往工地运输建筑材料，每运送一趟就能拿到一趟的费用，其中一半我留下，另外一半得上交给运输公司，有点像现在开出租车的。

还有一个好消息，就是文革怀孕了，这对于我们这个刚组建没多久的小家庭来说，无疑是天大的喜讯。我始终忘不了她跟我说"你要当爹了"时我的心情有多激动。

于是我更加一门心思赚钱，只要有活儿干，我马上就出车。虽然很拼命，但我一点都不觉得累，每天都情绪很高涨，浑身有使不完的劲。

1994年，山东聊城成立了经济技术开发区，又恰逢建设京九线铁路，形势一片大好，欣欣向荣。我觉得这是一个特别好的机会，想从中找到既能赚钱也能顾家的路子。于是，我和工程队的人闲聊，听他们说，最赚钱的是开拖拉机，可以直接从建材城拉来货物到工地销售，而且这属于短途运输，早上出门，去建材城购买工地所需的材料，下午拉到工地卖，很快就能卖掉，完事儿就能回家了。

我一听，乐得直拍大腿，这不就是专门为我的情况打造的吗？家里有个即将生产的妻子，需要我照顾，即便妻子生完孩子，在很长一段时间里，家里都是离不开人的。

回去之后，我和妻子商量，想买一辆拖拉机。但拖拉机对于当时任何一家农村人来说都是个超大件，比我们如今买车的事大多了，当时我学车的钱才刚还完不久，又要花一笔天文数字，妻子还怀着孩子，我自己都有点开不了口。就在我绞尽脑汁琢磨怎么说时，文革直接从抽屉里掏出一个存折递给我，那是家里所有的积蓄。我一看，竟然有一万块出头，不由得吃惊不已，连问两个问题："你怎么知道我想用钱？咱家有这么多钱？"

文革露出一副"我还不知道你"的表情，原来她早就看出我吞吞吐吐地憋着个大事，除了钱还能有什么？而她对我绝对信任。存折里的钱都是她省吃俭用，几块几块地攒起来的。

1994年底，我从存折里取了个整数，给妻子留了生产和过日子的钱后，买了人生中第一辆拖拉机，开启了自负盈亏的运输之路。当然，这点钱买拖拉机远远不够，我们只得又从亲朋好友那里借了不少。但那时候我已经不慌了，妻子的支持，加上前期的积累，都让我对未来充满信心。

第二年，我的儿子出生了。我父亲给他取名叫郭振，有"振兴"之意，从名字就不难看出，我们这个普通人家对这个孩子寄予了多么大的期望。和全天下所有的父亲一样，我想尽自己所能给孩子最好的，希望孩子茁壮地成长……

1997年9月21日下午，我带着当天两次运输赚到的钱，开着拖拉机准备回家。刚从大路行驶到通往村子的小路，远远地，我就看到村口围了很多人，离近了一看，竟然都是同村的乡亲们。

我的心"咯噔"一下，不由得紧张起来。

平时那条路上经常有大货车、拖拉机经过，免不了会有些小剐蹭、小碰撞，一直都是小事故频发的地方。看到那里聚集了很多人，而且就在我们村口，我觉得肯定是有事情发生。是有人出了车祸，还是有推着车叫卖东西的？我赶紧把车速降了下来。

等终于到达村口，我竟然在围拢的人群里看到了我的四叔。他回头正好看到我，便挤出人群朝我走来。我有一种不好的预感，便把车停了下来。还没等我开口，四叔就看到了我，大声喊："小六出事了！你快回家！"

我连忙跳下拖拉机，快步跑了过去，大声问："小六怎么了？磕着了，还是病了？"

我的第一反应是孩子生病了，或者在村里玩耍时摔着了、碰着了，完全没想过更可怕的可能。

四叔一边推我一边说："小六丢了！"

我的大脑一阵空白，丢了？什么叫丢了？

我还没反应过来，乡亲们就七嘴八舌地喊道："赶紧回家看看文革去！小六丢了！"

爸爸，我要吃糖

"爸爸，我要吃糖……"

"爸爸，陪我玩！"

"爸爸，抱！"

小郭振在我的家族排行第六，所以我的家人、亲戚朋友都喊他"小六"。乡亲们一句句急切的"小六丢了"，砸得我大脑一片空白。

今天中午出门时，小家伙还跟我撒娇，拽着我的袖口说"不去，要吃糖……爸爸陪我"，我答应晚上给他带糖回来，这才出了家门。去建材城的路上，我特意去小卖部称了半斤大白兔奶糖，准备晚上回来拿给小六吃……怎么一转眼，大家就说我的小六丢了呢?

　　一片"兵荒马乱"之际,我被亲戚、乡亲们裹挟着回到家。妻子守在家里等消息,已经哭得上气不接下气,我的父母、兄弟姐妹,还有其他几房叔伯兄弟都在外面找孩子。

　　文革看到我,更大声地哭号起来:"小六不见了,他就待在院门口玩,一转头的工夫,就找不到了!"

　　当时只有二十多岁的我,没见过世面,没经过大事,只觉得这一切像做梦一样,不知所措,整个头皮发麻,大脑嗡嗡作响,但看到妻子已经濒临崩溃,我强迫自己冷静下来。

　　很快,村主任赶了过来。我的父母在村子里找不到小六,就去村主任家求助,请他发动全村人帮忙。在我们农村,村主任是整个村子里最有威望、最能了事的人,用现在的话来说,就是最有组织力和决断力的人,谁家里出了事儿,最先想到的不是报警,而是去找村主任。

　　乡亲们七嘴八舌地向村主任说明情况。看见这么多人帮忙,我也找回了主心骨,眼泪才后知后觉地流下来,不断恳求大家:"帮我一起找找我家小六吧。要是找不到孩子,我这个家就散了……"

　　文革听我这么说,也哭着恳求大家,一句句"小六就是我的命啊"让乡亲们都红了眼眶。

村主任连忙宽慰我们，说话间却皱紧了眉头。

直到那时，我还是没往"人贩子"上想，村里都是乡亲，经常相互帮衬，你家有事孩子没人带，就放我家半天，我家有事，孩子也可以放他家半天，民风很淳朴。在我们的意识里，小偷是偷东西的，哪有偷孩子的？孩子能偷吗？那不缺了大德了！

没见识过"缺大德"的我们，以为是小六贪玩，被什么新鲜事物吸引走了，找不到回家的路了。但村主任不一样，他经常关注社会新闻，知道当时已经出现很多起拐卖妇女儿童的恶劣事件。

碍于文革的情绪已经接近崩溃，他没有直接挑明，而是采取应对措施："小郭，咱们兵分两路，你去派出所报案，我去村广播室广播，让乡亲们一起留意小六的消息。"

我也正有此意，赶紧去村里的电话室给派出所打电话报案。尽管郭振刚刚走丢几个小时，但他只有两岁多，警察也很重视。我的父母和村主任到村广播室广播："郭刚堂家的小六丢了，请乡亲们都到村空场集合，咱们一块去找孩子！谁要是看到小六，就把孩子送回村空场！"

打完电话后，我也跟随着广播到了村空场，虽然天已经黑了，但村民举着手电筒聚在这里，让我心头一暖，仿若见到了希望之光。我的小六，平时这个时候已经在妈妈的怀里准备入睡，此时在哪里？饿了吗？冷了吗？不在爸妈身边，害怕了吗？哭闹了吗？……我的心揪着疼起来，心中的焦急、思念、担心以及感谢不知如何表达，化作朝着乡亲们的重重一跪。

乡亲们中很多是我的长辈，我是被他们摸着发顶长大的，也有很多是我的发小，我们一起下过河摸过鱼。大家都很激动，不断安抚鼓励我："掘地三尺也要找到小六！"

大家七嘴八舌，慢慢还原了下午的情景：

下午四五点钟，文革回屋做晚饭，小六在家门口和琳琳一起玩，琳琳是和我家比邻而居的我叔家的女孩，比小六大两岁。不到半小时，文革做好饭出来，就看不见小六的身影了。

而村里有个叫李乡兰的租客，她今天早上带着女儿去早市时，遇见了老乡小霞，小霞嘴甜又热情，就跟着李乡兰来到我们村。一整天，小霞都带着李乡兰的女儿在村里转悠，频繁接触村里的小男孩，上午在村东头，下午转到我家所在的村西头，四五点钟转到我家附近，看见了在门口玩耍的小六和琳琳。据琳琳说，小霞给郭振擦了一把脸，然后郭振拿着一个小竹竿跟着小霞和李乡兰的女儿走了。

小霞走在最前面，李乡兰的女儿其次，小六走在最后，他们排着队似的走了。走到前面一排房子，住在那里的二嫂子和三大娘都看见他们了，三大娘还问了一句："小六，你上哪去？"小六歪着脑袋笑了笑，没有回答。三大娘以为是我家亲戚带着小六出来溜达，就没太在意。

不一会儿，二嫂子看见一个小姑娘从门口跑了过去，正是李乡兰的女儿，却不见了小霞和小六的身影。

通过这些分析，我们基本可以确定，小霞是人贩子，把小六拐走了，李乡兰可能是小霞的同伙，她应该知道小六在哪里。

于是，一行人举着手电筒往村东头李乡兰家走去，我扶着跟跟跄跄的文革走在最前面。当我们浩浩荡荡地到了李乡兰的家门口，只见她的女儿正在院子里玩，几个比较冲动的亲戚冲到她面前，问她小六在哪里。小女孩哪儿见过这种阵势，被吓得哭起来。看到小女孩哭，我连忙冲过去护住她，虽然小六丢了我焦急万分，但她也是个孩子，不能因为一个孩子去为难另一个孩子。

屋里的李乡兰听到动静，连忙走出来。听我们说完事情原委后，她一脸茫然，说小霞下午一直没回来，应该是直接回家去了，而且她并不知道小霞的家在哪里。

我的心中仿佛有一面鼓，被一双看不见的手擂得咚咚直响，越来越快，震耳欲聋，本以为马上就能找回我的小六，听了李乡兰的话，我一腔激愤几乎喷涌而出，心却凉了几分，脸色铁青说不出话，我知道，就算李乡兰知道小霞的家在哪里，想必小霞也早已不在家了。

我的小六，正在被送走！

我不能在这里浪费时间了，当务之急，赶紧去追人！

于是我把妻子送回去让她在家等消息，准备自己连夜出去追。就在我即将出门时，我哥来了，带着大家不记名凑的四万九千多块钱，让我全力去找孩子。那可是1997年啊，村里有千儿八百的都算大户，那时大家都比较穷，居然一晚上给我凑了这么多钱！这哪里是钱，是大家掏了家底对我的恩情！

我感激涕零，却来不及多说，就和几个年轻的乡亲兵分几路，去各个车站堵人了。怀揣着乡亲们莫大的期待和恩情，心里满溢着对小六的思念和担心，我感觉整个人都被填满，双眼通红，注视着眼前的每一辆车和每一个孩子。

小六，我的小六，每一个孩子的哭声都在我耳中被放大，却都不是我的小六。那个年代，车站里晚班车并不多，路上的车辆也不多。当每一辆车驶过，仿佛不是碾在路上，而是碾在我的心上，我想钻进每一辆车里看看有没有我的小六。

一整夜过去了，小六的身影在我脑子里不断闪现，却让现实中的我半点抓不住，就如同一片树叶，从枝头落下后，被风卷着吹向远方，瞬间消失不见。徒留我兜里的那包大白兔奶糖，在我不停地奔波中逐渐融化……

命运的捉弄

第二天，我拖着疲惫的身体回到家，文革听到院门有动静，疾步跑了出来，通红的双眼高高肿起，显然是哭了一夜。看到我身后只有几个亲戚，没有小六的身影时，她绝望地大声号哭起来，随后"扑通"一声跪下，朝着亲戚们"砰砰"地磕起了头，两下就磕出了血，拦都拦不住。

我过去一把抱住她，她一边狠命地抽打自己的脸，一边歇斯底里地哭喊："都怨我，都怨我没有看好孩子！"

没过多久，警察同志就来到村子里进行走访，并立了案——郭振，男，两周岁，1997年9月21日于山东聊城李太屯村被拐……

有了警察的介入，对李乡兰母女的调查也逐渐清晰起来。

　　起初我一直坚信，李乡兰一定和人贩子有关，说不定就是人贩子的同伙，只要对她严加审问，一定能查到小六的下落。然而，等警察同志告知我结果的时候，我却充满了深深的无力感。

　　李乡兰从老家来聊城这边，是因为她的丈夫就在附近的工程队里做力工，而李乡兰本人只是个没什么文化、性格非常单纯的农村妇女。对于小霞的故意接近和利用，她根本就没有察觉，把对方叫到家里来做客，纯粹是因为对方说是她的老乡。不仅这一次，之前的打工经历里，她也被骗过好几次，却仍然没有防备之心。

　　警察同志很有技巧地询问过李乡兰的女儿，这才得知，小霞最开始盯上的并不是我家小六，而是村里另一户人家的男娃。那户人家姓王，王奶奶当时抱着一岁多的小孙子在院子里晒太阳，小霞就领着李乡兰的女儿在院门口玩耍，伺机而动。王奶奶要进屋去忙活什么事情，还想把小孙子交给小霞，请她帮忙抱一下。恰好她家亲戚路过，王奶奶觉得，还是亲戚更好说话，就没让小霞抱孩子。小霞一看没机会了，就带着小姑娘在村里溜达，正好看到在我家院门口玩耍的小六，她撺掇着让小姑娘给小六分糖果，还给小六擦了把脸，然后带着小六就走了……

我的小六，虽然年纪小，但已经如他的名字郭振一样，有了倔强刚强的个性。陌生人跟他说话，他基本不会搭理，更不会无缘无故地和别人走，怎么这次就被人用几颗糖带走了呢？肯定是因为昨天中午他想吃糖，我没给他买，才让坏人有了可乘之机。

啪！我狠狠地抽了自己一个耳光。小孩子想吃糖而已，我为什么不给他？要是他吃够了，不馋了，是不是就不会跟着别人走了？

一耳光难抵悔恨，我再次扬起手，警察同志马上拉住我，劝我冷静。妻子文革突然崩溃了，跪倒在我面前，大声哭喊："都怨我没看好小六，都怨我啊！我怎么能让那么小的孩子一个人待在院门口呢？！"

她以为我抽自己是在怪她，她一夜没合眼，双眼红肿，一颗心被对儿子的担心、惦念反复撕扯着，同时又被极大的内疚悔恨所折磨，她是受伤最深的人啊！

我反应过来，不能乱了方寸，忙把妻子搀起来，虽然此时任何安慰都是徒劳，但至少不能相互折磨。

警察同志调取了大路的监控录像，虽然 20 世纪 90 年代的道路监控摄像头少之又少，但靠近国道的地方还是零星有几个。监控视频显示，小郭振被小霞带走的时间是下午四点半左右，他们走的那条大路正好经过我家菜地。

　　闻言，我的父亲也懊悔不已，因为那一整天他都在菜地里浇水，只是在下午四点多的时候，因为有点累回到菜棚里休息了一会儿，抽了根烟。如果那个时间他没有进菜棚，一定能看到小郭振，也一定能避免他被陌生人带走！

　　但是命运无情的时候就是这样，不仅拿走你最宝贵的东西，还设置很多个让你悔恨不已的环节，显得这一切都是机缘巧合，只要有一个"如果"不发生，命运的齿轮就可以改变，以至于你每每回忆时，就会无数次被"如果"折磨得崩溃抓狂。然而，世间从来没有"如果"。

　　警方在大路上找孩子，建议我们在乡间小路寻找，同时发动亲戚朋友多打听。因为那个年代的公路铁路建设都比较落后，小霞很难把孩子带到特别远的地方，附近的村子、县城，或者其他乡镇是她最有可能落脚的地方。于是，我和一些乡亲分头去邻近的村里打听，看看有没有谁家最近多出来孩子。

　　小六丢失后第四天，我们竟然真的得到了线索。

　　这天，村子里一位老乡来告诉我，说遇见其他村的一个人来报信，说是他的朋友家买了郭振，他准备去核实一下，让我等消息。我哪里等得了？第二天就去寻找那个报信的人，但那人没留下地址，我一无所获。等我回来时，还没到家，乡亲们就告诉我，那个报信的人来了，正在我家等我。我赶紧赶回家，发现那人正站在我家北屋的门口等我。

那一刻，连日来的思念、担心和害怕仿佛被撕开一个口子，让我终于看到了希望，我无暇辨别真伪，"扑通"一声就给他跪下了。文革见我跪下，也马上跪下了，连连感恩戴德，声称下半辈子做牛做马也要报答他。

随后，报信的人告诉我，他有一个叫张继承的朋友，住在莘县的张寨，他家有三个儿子，其中一个儿子没有孩子，就买了我家郭振。

他谢绝了我们同行的建议，带着我们一家人的希冀和感谢，只身去他"朋友"家要孩子，让我们等消息。然而我们怎么可能等得了？我和兄弟姐妹几人商量后，决定暗中去他说的村子里看看，哪怕看到郭振人没事，我们等他出面也行啊。

村里其他乡亲知道我们有了郭振的消息，也纷纷开着自家的摩托车、三轮车、汽车在村空场集合。他们听说买孩子的人家都害怕孩子家长找来，如果遇到突发状况，会把孩子转移到其他地方，所以计划先把村子围起来，防止他们逃跑。我当时只想着怎么去找孩子，确实没考虑到买家的想法和手段，乡亲们的情分让我特别感动。

我们开车去那个村的时候，特意没有开车灯，只有打头的摩托车开着车灯照亮。紧接着，大家自发地把村子的几条大路小道围住，生怕买家带着孩子逃跑。

考虑到晚上进入村子会惊扰当地人，我们克制住马上进去的冲动，决定第二天再去。

第二天一早，我们前往那户人家。到了之后却发现不太对，因为那户人家正在办白事，显然刚刚有人去世。敲门后，开门的是一位大婶，我赶紧问道："这是张继承家吗？"

她说是，看到我们的阵势，又有点惊慌。我赶紧把前因后果跟她仔细说了。她听后却直摇头，说没有的事儿，这是张继承家没错，但是张继承无儿无女，前几天刚去世了，不可能买孩子。

我们一听，意识到被骗了。也不好再打扰人家，只得打道回府。

折腾了两天，却空手而归，说不失望绝对是假的。但我不想放弃任何一点机会，那个来报信的人为什么要骗我呢？没理由啊！我强迫自己往好的方面想：是不是他说错地址了？或者想要钱才帮我？

果然，第二天他打电话到我家对门的二哥家。前天他走时我把电话号码给他的，让他有事打给我，没想到果然打来了。我拿起电话，问他为什么欺骗我。他不疾不徐地说，想看看我们是不是相信他，如果我们相信他，就把事情交给他去办吧。

　　果然有所图，我挑明了说："我不会让你白帮忙，你要多少钱，直接给个数吧。"

　　他说："我也不多要，你给我四千块的辛苦钱吧。"

　　"没问题，只要保证孩子安全，这笔钱我一定给你。"我马上答应。

　　紧接着，他要求我先把钱给他，还不是当面给，而是要把钱包好放在阳谷县石佛镇的一个石像下面。阳谷县是传说中武松打虎的地方，石佛镇距离我家大概三十四公里。

　　我一听就知道，这绝对不是什么正常的提供线索的人了，假意应承之后就报了警。警察同志也觉得对方肯定是想要趁乱诈骗的骗子，决定在放钱的地方实施抓捕。但我不敢赌，担心对方真的有什么消息，如果他被捕了，他的同伙把孩子转移了怎么办？于是和警察同志商量，我先去接头的地方试探试探，如果对方能说出郭振的特征，没准真的是知情人呢。

　　到了放钱的时候，我怀里揣着装钱的包，等着对方露面。等了半夜，他终于出现，第一句话就问我"钱呢"，我拍了拍怀里，然后问："你说的那个小孩，腰上的胎记是左边大，还是右边大？"

　　他犹豫了一下，说："右边大。"

　　我的心瞬间沉到谷底，仅存的希望破灭了。我家郭振腰上根本没有胎记，他根本不知道郭振的下落，就是看到我们满大街的寻人启事起了歹念。

　　他又急切地问我钱在哪里，我说在面包车上，面包车的车门是拉开的，他凑到跟前伸头往里看，我趁机用膝盖一顶，把他按住了，刑警们马上过来，把他扣住了。

　　刑警们把他就近带到了阳谷县的刑警支队审讯，到了中午时，我端了一碗面条到审讯室前，跟警察同事商量："能不能让我给他送点饭，万一他知道一点郭振的消息呢？哪怕一点也行。"我还是不想放弃，但警察阻止了我。他们非常理解我寻子心切，表示对于郭振信息的审讯他们不会放松，但认为我应该果断从这件事上抽身出来，抓紧去寻找别的有用线索。

　　警察同志说得没错，对于恶人无须过度慈悲，交给法律去制裁吧。那个人最终受到了严惩，被判处有期徒刑三年零六个月。

　　这个插曲耽误了将近一周的时间，后来我才知道，那一周是寻找被拐儿童的黄金时间，我们再一次被命运捉弄了……

找，找，找

接下来的时间里，我和乡亲们就像是没头的苍蝇，哪里有点传闻我们就去哪里看看，有点风吹草动，我们就开车的开车、骑车的骑车，以最快的速度赶过去，到了之后，寻找每一个和郭振相似的孩子，却始终没找到。

我拿着打印出来的寻找孩子的纸，给路过的每一个家长看，大家都露出同情的目光，不少人过来安慰我。可我需要的不是安慰，而是孩子的消息。我一遍又一遍地重复着孩子的相貌特征，多高，穿了什么衣服，脚上有一小片被烫伤的疤痕，等等。

我的父母因为这个打击也瞬间苍老了很多。迟迟没有消息，父母已开始求神问卜，到庙里烧香祷告，从最开始是想

找到孩子，到后来是盼着能得到点消息。毫不夸张地说，我们几乎是一点一滴地感受着"希望"从我们眼前慢慢地消失。

这种寻找的方式特别费钱，那么多人来往的住宿费、伙食费、燃油费都是硬支出，误工费根本没法计算。我有点坚持不下去了，这时候，你家拿五百，他家出一千，亲友们再次把钱送到我家，让我放心找孩子，他们砸锅卖铁也要帮我"把咱们老郭家的孩子找回来"！

在农村，春节是特别隆重的节日，家家户户都要备年货，还要祭祖，就是去祖坟那里烧香磕头。郭振虽然还很小，但我们曾抱着他去磕过头，本来计划这个春节还带他去，却无法实现了。

跪在祖辈的坟前，我心里苦得说不出话。文革哭得上气不接下气，边哭边捶打自己，我紧紧拉住她，眼泪无论如何也止不住，我们两口子哭作一团，周围的亲戚也闻之落泪。

文革是一个贤惠的妻子、温柔的母亲，她一直努力操持着这个家，从嫁过来就攒钱还债，到后来有了积蓄，她始终特别节俭。每天早上，文革都会煮三个鸡蛋，一个给小郭振，两个给我，她一个都不吃。我把剥好的鸡蛋放到她碗里，她却总是还回来，并且盯着我吃完，怕我天天开车缺少营养。

就是这么一个眼里只有丈夫和儿子的女人，儿子却被人

偷走了，相当于要了她的大半条命。我怎么可能责怪她？我只希望她不要过于自责。孩子丢了不是她的错，是人贩子的罪恶！偷孩子的人有没有想过，偷走孩子的那一刻，把母亲的命也带走了，把一家人的魂都带走了！

那一年的除夕夜，别人家围坐一起看春节联欢晚会，家家户户响着那首王菲和那英合唱的《相约98》，只有我的家里悄无声息……

春节过后，很多乡亲又张罗着要陪我们去找郭振，但开春后，不管是田间地头，还是附近的工程队伍，都是最需要人手的时候，也是最赚钱的时机，我不能再耽误大家了，毕竟谁家都不容易，找孩子这件事就由我们夫妻去吧。文革也这么认为。

于是，我们两口子骑着家里的摩托车，前往周围乡镇的每个角落，广撒网地寻找，毫无目的地寻找。我们到周边乡镇一边卖热水袋，一边打听孩子的消息，只要听说附近村子里、某某镇上有陌生的孩子，或者某某村里出现和郭振年貌相当的孩子，我就带着文革骑车上路。每次在路上看到两三岁的孩子，我们就怎么看怎么像小六。我们心中有一个信念，靠我们自己，靠公安机关，一定能找到孩子。

短短两个月后，某天我忽然发现，我的满头黑发竟然已经变成花白,而文革也脱了相。

我哥哥、嫂子劝我,寻找孩子这条路太辛苦了,风里来雨里去的,男人去就好,还是让文革在家里等消息吧。但他们不知道,等待才是最煎熬的,哪怕只有一丝丝希望,去追寻也好过无尽的等待。那段时间文革的精神状态不太好,我不敢让她一个人待在家里,怕她胡思乱想。孩子已经丢了,媳妇不能再出事。

为了节省钱,每次出门前,文革都会煮一些鸡蛋,再烙一些饼,放在包里,路上饿了我们就吃这些干粮,偶尔买吃的,也是什么便宜买什么。记得有一次,我俩身上的钱不多了,就找了一个很偏僻的小摊,只要了一碗丸子汤。那碗汤里只有五六个丸子,她拿过一个空碗,把所有丸子都捞进去,用勺子盛了一点汤,放在我面前。而她一个丸子都不吃,把烙饼撕开泡在汤里。看着眼前的几个丸子,我心里五味杂陈。后来,小摊老板看到我们放在桌上的寻子启事,知道我们是找孩子的家长,特意给我们加了一碗汤和几个丸子。

都说时间能够治愈所有伤口,其实时间才是最铁腕无情的,它以不容商量的强势缓缓流过,那些受伤的人,哭累了自然就不哭了,血流干了自然就不流了,伤口麻木了就感觉不到疼了,还以为是愈合了。

就这样,文革的情绪渐渐平缓了很多。但是由于风餐露宿，她的身体更差了，渐渐地，我就不带着她了。我骑摩托车在外寻找，她在家时刻牵挂，我们虽然没在一起，却也还是在一起。

然而，更棘手的问题来了，周围的乡镇里已经几乎没有什么消息了。那段时间，我经常往派出所跑，希望能从警察同志那里得知更多的消息，但小郭振仿佛一尾游入大海的鱼，连个泡沫都没有激起，就无影无踪了。

毫无进展，一筹莫展。

还能去哪里找？还能做点什么？我每天苦思冥想，坐卧不宁。突然有一天，我看报纸的时候，瞥到夹缝里刊登的"寻人启事"。对啊，这是一个好办法，光靠我们发动周围的乡亲们打听消息，范围太小了，为什么不登报让更多人帮我们呢？

我连忙写了一封"寻子启事"，附上小郭振的照片，并且承诺必有重谢，向所有我知道的报纸、杂志寄去了寻求帮助的信件。本地的报刊寄完了之后，我就求亲戚的亲戚、朋友，只要是人在外地的，不管是哪个省、哪个市，都请他们帮我把这封"寻子启事"发到当地的报刊，求媒体帮我刊登。

这是一个大工程，我们马不停蹄，陆续发出了几万份。那则"寻子启事"几乎在大半个中国的报刊媒体都有刊登，很快，我就收到了来自全国各地的消息。

　　那时候长途电话的费用太高了，很多人都是通过写信向我们透露消息：有的是某省某镇出现了和郭振相貌相似的小孩，有的是某个地方也发生了丢失孩子的事情，有的是某个地方谁家买了孩子……那段时间，我和文革整理了很多信件，并且汇总信件里提供的信息，在一张中国地图上做好标记。

　　我告诉文革，我要骑摩托车去找孩子，根据这些信息，先去消息最多的地方，然后一条条地查找，一定能找到郭振！

郭伟记述

从记事起，我就知道自己有一个哥哥，弄丢了，不在家。

小孩子的关注点总是在前半句，当时农村很多家里不是独生子女，我周围小伙伴有的有哥哥，有的有姐姐，有的有弟弟或妹妹，我很盼望自己有一个哥哥，出去玩的时候可以带着我，有人欺负我的时候可以站出来保护我。记得隔壁邻居家有一对兄弟，哥哥比弟弟大了十几岁，经常给弟弟买玩具和好吃的，我每次看见就会在心里默默羡慕，对哥哥的盼望又多了几分。

可是我的哥哥在哪里？哦，丢了，不在家。丢了就找回来呗，找回来不就好了吗？小孩子的心思太简单了，当时的我，心中的世界就是我们村，隐隐知道还有个大城市叫聊城，完全无法想象中国那么大，找哥哥的路程那么复杂。

我以为的"丢"，就是丢在村子里了，就像我的一些小玩具，有时也会弄丢，好好找一找就找到了，就算今天找不到，可能明天不知道从哪个角落里就翻出来了。

渐渐地，我意识到这个"丢"和我弄丢玩具是不一样的，老妈经常在讲到哥哥的时候掉眼泪，老爸回忆那些细节的时候总是哽咽得说不下去。

就像被捅破了那层窗户纸一样，因为一件事，我明白了郭振是谁：他是和我关系非常亲密的人，是我们家非常重要的人。

那是在 2003 年，五岁的我第一次跟随爸爸出远门，前往比聊城还要远的地方，天津塘沽。出门之前，爸爸告诉我，我们不是去旅游，是去找哥哥。

我郑重地点头，意识到此行任务重大。但孩子终归是孩子，第一次出远门别提多开心了。我第一次见到了海，看见了海边的巨大轮船，它有一个好听的名字叫"东方公主"号，非常巍峨高大，在以后很长一段时间里提到《泰坦尼克号》我就会想起它。我对它仰望至极，想要登上去的冲动无比强烈，但我还是抑制住了，因为船票要五十元，在当时是一笔不小的数字，我告诉自己，以后一定有机会坐上这样的大船。

见我如此眼馋，又超乎年龄地懂事，爸爸换了种方式弥补我——让景区拍照的人员帮我和"东方公主"号合影，洗了两张照片，花费十几元。我当时很少拍照，只有满月的时候拍过一张，每年周岁的时候拍一张，那是我非庆生拍照的第一次。

那次出行在我的兴奋和爸爸的失望中结束——哥哥没有找到。看着兴高采烈的我，爸爸更加失落，大儿子在哪里？能吃饱穿暖吗？有人带他出去玩吗？像郭伟一样健康快乐吗？爸爸的眼神落在我身上，我第一次感受到眼神可以是沉甸甸的，那一刻，我似乎读懂了他眼神里的含义。

二十年后，2023 年，我再次来到塘沽的海边，找到记忆中的"东方公主"号，才发现它并没有多高多大，我心中神圣伟岸的大船，其实只是一艘停泊岸边很久、可能已无法启航的小船。

我也再次意识到，我的爸爸不是骑着摩托车无所不能的英雄，我的妈妈不是我喊一声"妈"就能替我解决所有问题的千手观音，他们都是普通人，对我而言却又那么不普通。

骑上摩托，踏上旅途

有人说，别人打个电话、写封信，你就去了，就不怕是假消息吗？从踏上寻子之路开始，二十四年里，我不怕假消息，就怕没消息。

我在摩托车的后座上装上小架子，方便放行李。又在架子上竖起一根铁棍，把打印好的"寻子启事"做成旗子，绑在上面。我所到之处，小郭振的旗子在我身后呼呼飘荡，既陪伴了我，也让更多人知道了我在寻找孩子，增加了获得线索的机会。

就这样，我带着我的全部家当——一辆摩托车，一个破旧的黑色挎包，一沓寻人启事，两面印着郭振照片和信息的寻子旗，两件换洗衣服，上路了。

最开始，文革也想跟我一起上路，觉得两口子在一起能彼此照应，但我考虑再三，还是决定让她留在家里。那时候的摩托车头盔还没有面罩，更像是工地上用的安全帽。我在骑行过程中，很多时候，脸都被风刮得生疼，眼睛也睁不开，只能眯起眼睛；也没有配套的护具，骑行的时间长了，膝盖钻心地疼……这份苦，何必两人一起承受，平白让它加倍？

我告诉文革，家里也需要有人留守。父母的年纪也大了，地里的活儿不能都交给哥哥、嫂子。再说了，骑摩托车找儿子需要钱，我不在家的时候，可以把拖拉机租给村子里的人，收一份租金，这也需要有人管理才行。妻子怎会不懂我的用意？但想到我说的也有几分道理，才勉为其难地同意了。

就这样，我踏上了骑行寻子的漫漫长路。一辆摩托车、为数不多的行李，以及挂在摩托车后面印着寻子信息的旗子，这是一个心碎的父亲的全部。无数次，我带着希望上路，又带着失落回家，日复一日，年复一年，期待着奇迹的出现。

骑摩托车上路，可以说是当时的无奈之举。那个年代，没有四通八达的交通系统，更没有高铁，火车大多是绿皮车，还只能到一些比较大的城市，想去往县城、乡镇甚至村庄，只能下了火车再转乘公交车，或者是拉客的面包车。我带着行李，辗转在不同地方，可想而知很不方便。

买小轿车呢？没钱。当时汽车可是奢侈品，远没有拖拉机、渣土车有投资性，我们村当年依托着改革开放的春风，跑运输赚了不少钱，但大家都是选择买拖拉机、渣土车，或是农用机械。我家也买了拖拉机，但总不能开着拖拉机满世界跑，"突突突"的动静大不说，关键是多慢啊。

在仅有的范围内，只有摩托车最有性价比。

年复一年的骑行中，我意识到那是一场持久战，身体的消耗、钱粮的消耗可能会让我哪天不得不放弃，所以我必须尽可能降低这种消耗，才有可能等到奇迹出现的那一天。

于是，我自己摸索着置办了很多行头：骑摩托车最怕腿冷，没有专业的护膝，我就用塑料袋绑在膝盖处，再用皮筋扎紧，这样风就灌不进来；手指经常被风吹得没有知觉，我就戴双层手套，一层棉手套里面包着一层农用的塑胶手套，这样能最大限度保温；同样的原理也被我用在穿着上，我的行李里总有两件雨衣，一件放在行李包里，以备不时之需，另一件就穿在外套里面，用来防风……这些方法花不了多少钱，但能切实有效地解决问题。

最开始的寻子之路是在山东省附近，后来根据全国各地热心人士提供的线索，我逐渐越走越远，南到海南，北到漠河，我的摩托车轮渐渐丈量了祖国大江南北。

　　我有一张中国地图，每到一处，我就在中国地图上做好标记，然后再买一份这个省市的地图，方便我找到具体地址。那时候还没有导航，只能依靠地图，走错路是经常发生的事情。一开始，我对走错路这件事特别敏感，每次发现走错路了，都恨不得捶自己一顿。因为在孩子刚丢的那段时间里，我走了太多的"错"路，错失了寻找孩子的黄金时期，以至于后来再走错路，心里会不自觉地背上包袱，生怕因为一次错误而错失良机。但后来，我慢慢转变了心态，既然走错了，那就在错误的地方向周围的人打听打听，附近有没有丢孩子的、有没有突然多出来孩子的。

　　打探消息也是个技术活儿，那时候流动人口比较少，出现一个陌生人会很引人注意，尤其是我风尘仆仆的样子，难免让人心生戒备。而且我们山东人说话直，刚开始我都是上来就说"我家孩子丢了，你们这里有谁家多出来孩子吗"，事后想想，被人当骗子也不冤枉。

　　经历得多了，人总会被逼着成长，为了更高效顺利地打听消息，我逐渐摸索出一些窍门。比如，每到一条陌生的街道，我最先关注的是那些临街的平房大门上是否有贴着"囍"字的，是否有人订酸奶牛奶，贴着"囍"字的肯定是刚刚结婚的，一般不会有小孩，订了牛奶酸奶的一般都是有孩子的，我会多加留意；有孩子的家庭，老人或主妇一般会在上午十点左右、下午三点左右带着孩子出门晒太阳，那是打听消息最好的时间段；如果一个村子的人对我（我的摩托车后面挂着寻子启事，一看就知道是正在找孩子的家长）很热情，这个村子里大概率没有买卖小孩的情况，如果这个村子里的人对我很警惕，就说明这里可能有类似的情况……

我不敢停下脚步，始终在路上奔波，见到了一个又一个和郭振同龄的小男孩，试图在他们幼小稚嫩的脸庞上，看到与我儿子相似的神情。

刚开始的一两年还好，孩子的变化不会太大，但随着时间的推移，郭振也在逐渐长大，我内心的担忧逐渐增多：万一孩子的变化太大了，我已经认不出来了怎么办？万一我已经找到了他，但因为变化大而错过了怎么办？我不敢想，只能机械地重复着寻觅的脚步。

每到一个地方，当地人看到我的寻子旗，大多会投来同情的目光，也有人会直接破口大骂"人贩子不得好死"，但最终只能变成一声长叹，感慨命运的捉弄，感慨我的悲惨。又过了几年，很多人看到寻子旗上小六是 1997 年丢失的，就过来劝慰我，你这么找是大海捞针，可能性太小了，人还是要往前看。

我何尝不知道这个道理？我也知道找到的希望越来越

渺小，但我不能放弃。我一遍遍回忆小六走丢的那天中午，他拉着我的袖子叫"爸爸"，说他想吃糖，让我陪他玩。如果当时我留下来了，小六是不是就不会被人用几颗糖骗走了……文革总是怨自己没看好孩子，妻子的愧疚感我感同身受，因为我也有。

作为孩子的父亲，如果我都停下脚步放弃寻找孩子，还有什么资格说我是孩子的父亲呢？警察同志寻找是警察的职责，作为父亲，我也有父亲的责任。如何体现呢？我不能什么都不做，干等在原地，被动等待消息，那样我会更埋怨自己的无能，埋怨命运的捉弄，最后变成失去孩子的"祥林嫂"。

而且每次妻子烙好饼送我出门，都是满怀希望的，我孤零零回去，妻子虽然心疼我一路奔波，但眼里总是难掩失望，她太想念儿子了！看着一次比一次憔悴的她，我有一种深切的感觉——一个母亲的心即将被思念掏空。所以我必须找，只要还在找，就会有希望。只要希望在，这个家就还在。

为了孩子，为了这个家，我必须行驶在路上。

"只有在路上，我才感觉自己像个父亲。"

"不管小六在哪儿，我都希望他知道爸爸在找他。"

我不断这样告诉自己。

世上有那么多"郭刚堂"，
也有那么多"郭振"

不知道什么时候，跟随我的那张中国地图找不到了，可能被遗失在某次寻子途中的某个角落了。我无法准确细数每一个去过的地方了，只得重新买了一张，凭记忆做上标记。启程的时候根本没想到，往后二十多年的时间里，我骑坏了十辆摩托车，走遍了除新疆和西藏以外的所有省份，行程超过五十万公里。

如果当时有来自未来世界的人告诉我："郭刚堂，你要骑二十四年，跑遍大江南北，经历无数艰难困苦，才能找到孩子，你愿意吗？"

说实话，我可能不敢马上拍着胸脯说愿意，因为身在其中时尚不觉得，经历之后再回看，太煎熬了，有时禁不住老泪纵横，但我肯定还是会回答："我愿意！别说二十四年，就是找一辈子，我也要找！"

而且这一路上，我认识了很多"郭刚堂"，他们和我一样，执着地寻找孩子，足迹踏遍中国大江南北。其中有的人很幸运，终于和孩子团聚了，但也有人在找孩子的过程中发生了意外。我也认识了很多个"郭振"，他们当中，有人能直面自己是被拐卖的儿童这个事实，在心里幻想过被父母找到，也有人觉得现在的生活也还行，不愿意改变它。

每每目睹这些人间悲剧，我总会想起一句话——"拐卖是超越谋杀的罪"，杀人还不诛心呢，但拐卖孩子，相当于把父母的心生生挖走了，使他们在孩子丢后的每一天都生不如死。

行在路上，只要看到路边有张贴寻子启事的，如果数量够多，我就会随手撕下来一张，带在身上，如果数量比较少，我会把上面的信息抄在本子上。在短短几年的时间里，我记录了几十起儿童失踪案，那背后就是几十个破碎的家庭。

有些寻亲家长看到我摩托车后面的旗子，会过来和我交流一二，内容都是围绕着孩子。刚刚丢失孩子的家长往往十分慌乱，他们的焦点总是停留在孩子怎么会丢、自己多么内疚、家里人多么崩溃这些情绪上。看到他们的样子，仿佛看到小六刚丢时候的我自己，同样的茫然无措，同样的一团乱麻。

虽然我的小六还没找到，但我也算个过来人，我会先安抚他们，让他们稳定情绪，然后帮助他们总结孩子丢失时的关键信息，并想办法把这些信息散发出去。

除了第一时间报警，还可以通过民间渠道搜集信息，比如在报刊登寻子启事，发动亲朋好友关注周围的线索……在网络不发达的时代，我们只能依靠最笨拙的方法，去尝试、去寻找，在一次次的碰壁、一次次的失望之后，一次次重新踏上征途。

于是，我手里有了越来越多被拐儿童的照片和信息。每次新到一个地方，得知这里有疑似被拐的儿童，即便不是我的郭振，我也会比对一下，并且把信息发给其他家长，请他们确认。同样，那些坚持寻找孩子的家长看到有像郭振的被拐儿童，也会把信息发给我。

这种最基础的互助模式，从一开始只能依靠书信、电话等形式，到后来随着网络的发展，逐渐变得更快捷有效，范围更大更广，最终形成了有规模的民间公益组织。当然了，这是后话。

在很长的一段时间里，我和那些同样苦命的丢了孩子的父母保持着联系。渐渐地，我从他们越来越差的精神状态中感受到，比单纯地互助式寻找孩子更重要的，是关注寻亲家长的心理健康。

早些年，心理健康问题并没有被大众所熟知，其实在遇到这种突发的重大意外和家庭变故之后，每个人的心理都会受到严重的创伤。

每一个外出寻子的家长都会经历三个阶段：一开始是心急如焚，发誓砸锅卖铁都要找到孩子，哪里有点消息，不管真假都要赶过去；失败几次、十几次之后，信心就会开始动摇，随之而来的是现实的压力、生计的压力和感情的隔阂；最后要么是变得心灰意冷、得过且过，要么是放下对孩子的执念，带着残破的灵魂重新生活。

这三种阶段我都经历了，我也遇到过无数个苦苦挣扎的丢失孩子的父母，我太能理解他们的痛苦了。找寻孩子，是一件极其消耗精气神和家底的事情。

在小郭振丢失几年之后，我无意中照镜子，突然发现自己老了很多，那种苍老不仅是脸被晒黑了、被风吹皱了，而是从眼神里透出的感觉，就好像总是坐在村头晒太阳的老汉。可那个时候，我只有三十岁左右。但我深知原因，在寻子的过程里，我无数次充满希望，又无数次失望而归，要面对陌生人的同情，也要面对家人的叹息，这种心神上的折磨和消耗，远比肉体上要来得可怕。

有一些网友给我留言：郭刚堂二十多年找孩子，始终坚持，真是一个伟大的父亲。其实我才是例外，我的例外是很多因素导致的，但那些没有坚持到最后的父母也各有各的难处。造成不幸的根源不在于父母能不能坚持下去，而在于人贩子蔑视法律，做出伤天害理的罪行。

而那些"郭振"，他们同样是被命运拿捏的苦命孩子。大部分被拐卖的都是男孩，无论养父母是为了传宗接代，还是为了养儿防老，都不应该买别人的孩子，买卖同罪虽然受时间等限制无法严格实施，但应让越来越多的"买方"父母知道，"买"本身就对孩子造成了伤害，即使对孩子很好，也无法抵消让孩子远离亲生父母的伤害。

在那些孩子的成长过程中，亲戚们或村里的乡亲们总会忍不住说出他们的身世，更有甚者是带着恶意告诉他们："你不是这家亲生的，是花钱买来的。"怀疑的种子一旦被种下，孩子的成长自然就带着敏感和猜忌。

很多个"疑似"被拐卖的小孩说得最多的一句话就是："我也不知道自己到底是不是他们的小孩，我不敢问，如果我知道自己不是，不知道该怎么跟他们相处……"

真正确定自己"不是亲生"的小孩同样很迷茫，他们不知道自己的亲生父母是谁，不知道家在何方，更不知道自己丢失的原因。

在南方的某个农村，我遇到了一个带着这种疑问成长的男孩。他是一个"走丢"的孩子，已经成年了，养父母待他很好，自己舍不得吃穿也把最好的留给他，还供他上学，在他毕业后又花钱给他操办婚礼。小时候，他就总是听村里人说闲话，说他不是这家的孩子，开始时他打死都不相信，后来听得多了，不禁怀疑起来了，最后实在憋不住了就去问父母。

他的养父母也同样备受煎熬，刚开始还能斩钉截铁地骂那些嘴碎的人在背后嚼舌根子，到后来也支支吾吾地说了出来。在养父母的口中，男孩是走丢了，他们在村口碰到了，就给带回家养着了。对于男孩来说，知道了这个"真相"后，接着又陷入周而复始的猜忌：自己是怎么走丢的？有没有人来找过？但是他不敢再问下去，生怕知道什么更坏的事情。

我遇到他的时候，全国还没有建立完善的 DNA 数据库，丢了孩子的父母只能在茫茫人海中苦苦寻找，而这些疑似"被拐"的孩子何尝不是在苦苦挣扎呢？他们的苦楚更不为人所知。就像那个男孩一样，临走时我问他，要不要去找一找自己的亲生父母？他却叹着气说："我不敢，如果我去了，我现在的父母肯定很伤心，万一他们也不要我了呢？"

天大地大，何处是我家？

天大地大，我家娃在哪？

电影《天下无贼》里，小偷说，愿意让傻根活在天下无贼的美好生活里。我也想说，希望这个世界再也没有拐卖，无论妇女，还是儿童。愿天下无拐，让"郭振"们都过着属于自己的人生，收获幸福和喜悦，让"郭刚堂"们体会为人父母的乐趣，付出辛劳，换来喜悦。

只想给你照点儿亮

寻子之旅中，我遇到最多的人是平平凡凡的路人，他们看到我，或面露惊奇，或同情叹息，但更多的是毫不吝惜地鼓励我、肯定我。

我还遇到许许多多向我伸出援手的好心人，让我在见识了命运的捉弄之后，仍然看到人性的光辉，感受到了人世间的温暖。

在最艰苦的那几年，我一门心思只想找到孩子，生计不要了，父母有哥嫂他们照顾，我也顾不上了。但手里的钱还是花得如流水，每次出门都是几千块的开销，这在当时可不是一笔小数目，我只好这里省一点，那里省一点。开销最大的是油钱，这个节省不了，我只好从伙食和住宿下手。

我不追求吃，只要能填饱肚子就行。最开始还有点积蓄的时候，我常常在路上的小饭馆里点一碗面或是盖浇饭，然后再买一张烙饼、两袋榨菜。手里的钱快花光的时候，我就自备一个不锈钢饭盆，再去小卖部买几包方便面，厚着脸皮找老板要热水。有些老板会说店里没有热水壶，但等看清我停在门口的摩托车上的旗子，都会拉我坐在店里，然后去后面烧热水，要么去旁边的店铺帮我要热水。

有一次，我到了贵州，在那里遇到一位特别热情的小店老板。贵州那边的饭我有些吃不惯，所以主要还是吃方便面。我是去小店里要热水的，店老板看到我的摩托车，热情地拉着我进去，二话不说就给我盛了一碗洋芋粑粑，让我边吃边等水开。人家那么好心，我更开不了口说我吃不惯折耳根的味道，就有一搭没一搭地拿勺子扒拉。

过了一会儿，店老板从后厨端来了两盘炒菜，还拿了一瓶白酒，跟我说："今天天也晚了，没几桌客人了，咱们哥俩喝点。"

我连忙推辞："这怎么好意思呢？老哥，我就是想要点热水泡方便面。"

店老板说："泡面哪有煮面好吃？我让我媳妇给你煮，你就踏踏实实地吃。"

在店老板的热情招待下，我和他畅饮了一回。

其实我不是一个喜欢诉苦的人，但那一天，借着酒劲儿，我哭得像个泪人。我向他倾诉了心里挂念儿子，担心孩子是不是被好好对待；向他诉说媳妇天天郁郁寡欢，就知道看着儿子的衣物发呆，生怕她有个三长两短；向他哭诉一次次有了希望，又一次次地失望；跟他说自己每次看到那些"疑似"被拐的小孩的现状，心里尽是说不出的憋闷……

店老板刚开始还会询问，比如我家儿子有什么特点，儿子丢失是怎么回事。但后来看到我的情绪已经失控，渐渐地就不再多言，而是做一个聆听者。后来，老板娘端着一碗热气腾腾的煮方便面走了出来，眼睛也是红红的，想必是在后厨忙活的时候听到了我们的对话……

我也不追求住，为了赶路，每次都是骑行到天黑得不能再走了为止。如果周遭实在没有小旅馆，我也常常就地而眠。

还是在贵州，我听说某个地方有个孩子很像郭振，也是被拐卖的，但年龄不符合。我当时有些犹豫，怕又是竹篮打水一场空，可转念一想，买孩子的人家有可能会故意修改孩子的年龄，还是决定去看看。为了尽快到达目的地，一路上我都是到了晚上十点、十一点才找住宿的地方。那天也是如此。

差不多晚上九点多，我骑行在一条坑坑洼洼的土路上，路比较窄，勉强能过两辆汽车。路边几乎没有路灯，黑漆漆的一片。特别不凑巧的是，我摩托车的灯也坏了，前方什么都看不清，只要对面来车，我就要停下来，等车过来之后我才能走，就这样摸索着缓慢前行。

不知道从什么时候开始，有两束灯光一直跟着我，把我前面的路都照得明亮起来。我以为挡住了对方的路，连忙靠右骑，给他让出路。但对方并没有一脚油门超过去，反而是在我后面慢悠悠地开着。

我心里马上警惕起来。在乡间土路，前不着村后不着店，路上漆黑一片……影视剧里如果出现这样的场景，多半是要遇到杀人越货的坏人了。我常年骑行，车子上备着扳手、改锥之类的工具，一方面是为一旦车子出点小故障，我鼓捣鼓捣能修好，另一方面就是为了遇到危险后能有个衬手的家伙防身。然而，工具都放在后面的行李架里，我不可能一边骑车一边去掏家伙。

我在前面左思右想、提心吊胆，后车仍是不紧不慢。我心一横，决定抢占先机，于是把车停在路边，迅速从行李架上随手抽出一样工具，想保持这种姿势等待汽车过去。没想到的是，汽车开到我跟前停了下来，对方摇下车窗对我说："大哥，我看你的摩托车灯不亮了，我跟着你是想给你照个亮。"

我的动作一下子顿住了，随之眼泪就下来了。看着他善意的笑容，我心里一热，瞬间卸下了防备。对方热心地道："大哥，你在前面骑，我在后面跟着，我送你一段路。"

我连忙收起手里的家伙，上了车。后来，他带我到前面的红果镇上，敲开一家修理店的门，帮我修好了摩托车灯，还请我吃了顿饭，然后又把我送到镇上，离开的时候已经晚上十一点多了。

在我的印象里，那条路真黑啊，又很颠簸，但有了后面那辆汽车的跟随，前面的路突然间就亮了起来。就好像我在这条充满坎坷的寻子之路上艰难跋涉，在被黑暗吞没之前，一道亮光猛地照射过来，在我的心中投下希望。

此后多年的大部分时间，我都奔走在路上，却从来不怕，因为我的心里始终有一束光。每当走夜路时，我都会觉得有一束光在照着我，就什么都不怕。或者每次希望破灭想打退堂鼓之际，我也会想起那个夜晚，那条很颠簸的路，以及来自陌生人的亮光，我又觉得，这条路充满了希望。

每次出门，我都会在行囊里装一个小本子，在里面记录那些帮助过我的好心人。有无数次卖吃食的小摊贩老板给我免单，让我吃完了赶紧去找孩子。有很多次在我等红灯的时候路人把手里没有开封的矿泉水递给我。还有不知多少次，我去快印店打印寻子启事和寻子旗子时，快印店老板非得免费给我做。甚至还有陌生人看到我的寻子旗，非要塞给我几百块钱……

我虽然过得也不好，但四肢健全，行走世间，无功不受禄，我不能因为自己的悲惨经历就去无底线地博取别人的同情，甚至伸手跟人要钱，那跟乞丐又有什么区别？所以我给自己定下规矩，不能随便接受别人的捐助。

然而，善意不是求来的，是一颗颗滚烫的心无私散发出来的。善意更是无价的，那一饭一汤值多少钱？那几张打印的旗子值多少钱？那黑暗中的希望又值多少钱？我想用另一种形式记录下它们，来自陌生人的善意，就如同人世间的点点星火，光亮、温暖。于是，就有了整整十八本日记。

我还在其中记录寻子路上的线索、经历和对郭振的思念，一点一滴地回忆和郭振相处的过往细节，想象他的样子，在日记里和他对话："但愿现在你流落到一个通情达理的人家。"

点点滴滴，一字一句，有日期，有地点，让我这条漫漫寻子路的每一天都有了备注，有了标尺。二十四年，十辆摩托车，五十多万公里，在这些好心人的见证下，在这每一个字的记录下，逐渐有了具体的形象……

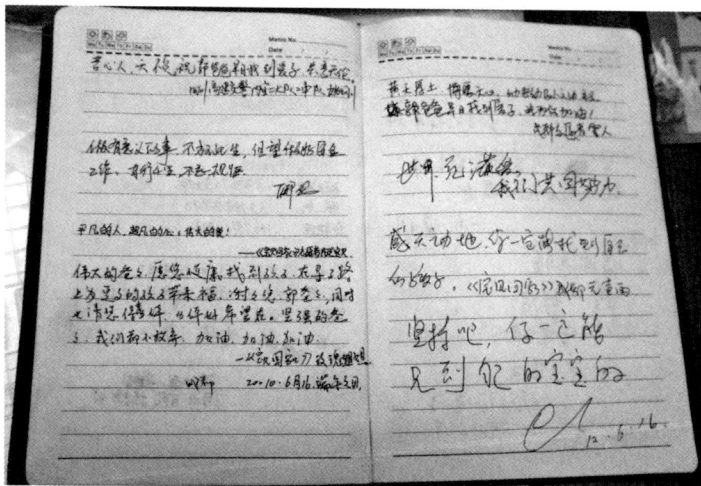

笔记本里记录着我一路上收到的祝福

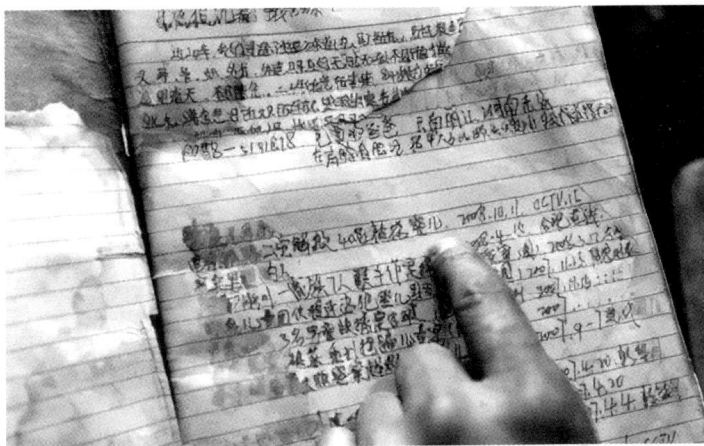

一路上，很多日记本被雨水打湿了

这个答案太难找了

　　在路上，为了省钱，露宿街头是常有的事。次数多了，每到一个地方，我甚至知道在哪里"露营"最方便。

　　在城市里，地下通道、天桥下面、街心公园，这些地方早年间聚集了很多拾荒者。白天，他们会在各条街道里穿行，捡废品卖钱。晚上，他们用一天的收入买来食物，躲在这里大吃一顿，进入梦乡。

　　去那里过夜有一个好处——没有人会在乎你的故事，也没有人在乎你要去哪里。坏处是这种地方一般是分地盘的，就好似武侠小说里的丐帮成员，每个人都有自己的区域，你不能去别人的地盘乞讨，别人来你这里你还得把他打出去。

　　不过，我是过客，大多数时间，拾荒者们对我表现得很友好，甚至有人愿意把自己的铺盖借给我用。时间久了，我也很了解他们的做事风格。他们大多是不幸福的人，或是身世悲惨，或是家庭不幸，或是父母早亡。所以，他们对亲情总是格外渴望，很多人看到我，还会上前来打招呼，感慨一番人生境遇和亲情关系。

和他们形成对比的，就是小偷。但从外表上几乎分辨不出来，只有长期混迹他们中的人才能看出来。像我这种过客哪里会知道呢？开始的时候，我一点戒心都没有，只要有个地方睡觉，就心满意足了，摩托车和行李就随手停在旁边。直到有一天，我睡醒之后，发现自己的行李被翻动过。里面也没什么值钱的东西，就是买的几包方便面和铁棍不见了。

我寻思，可能是哪个流浪汉饿了，把我的方便面拿走了，那几根铁棍也被拿走卖钱了。这不是什么大事儿，但我有点后怕，我所有家当中，最贵重的是这辆摩托车，如果摩托车被偷走了，我总不能走路去找孩子吧。

自此之后，我就多了个心眼，去五金店买了一把铁链和两把大锁。每次露宿，就把铁链拴在摩托车轱辘上，另一头缠绕在我腿上，再挂上两把大锁，钥匙贴身放好。

即便准备得再充分，再了解他们这个群体，我在露宿时也曾发生过危机。有一天晚上，突然下起了大雨，我怕骑行不安全，就把摩托车推到天桥底下，想在这里避避雨，如果雨一直不停，我就在这里露宿。

　　刚推进去，就有好几个人不易察觉地挪到我身边。刚开始我没在意，以为都是避雨的人，但仔细一看我才发现，他们就是在这里聚集的流浪汉，后面还放着他们的铺盖，按地盘分好了的。

　　我连忙跟他们打招呼，说今天雨太大了，能不能让我在这里借宿一晚。那几个人个个年轻力壮，看我只有一个人，就拒绝了，说这里是他们的地盘，我加进来住不下，让我赶紧走。我连忙扒拉行李袋子，从里面掏出我从小超市里买的老式蜂蜜面包，想"贿赂"一下他们，用食物换取借宿的地方。那几个年轻人却直接冲了上来，对我连推带搡，有一个年轻人去推我的摩托车，想把我推出去，还有一个年轻人伸手扯摩托车后面挂的旗子。

　　那一刻，我脑子里"嗡"地一下，一股怒火猛地蹿了上来，我大吼一声就和扯旗子的年轻人厮打在一起。我只有一个想法，那不是一面旗子，而是我的儿子郭振，作为父亲，我丢了孩子是失职，现在连一面旗子都保护不了吗？

　　见我竟然敢"激烈反抗"，那几个年轻人一起加入战局。我拼了全力，他们也都没客气，最后，双方都挂了彩，也都打累了。我们气喘吁吁地坐在地上，对方赶不走我，我也捶不动他们，一时间达到了某种奇妙的平衡。

我们开始聊起来。原来对方以为我是来抢地盘的，前几天他们收留了一个流浪汉，没想到那个人是小偷，被失主带着人追了过去，他们的上一个地盘就这样没了，找了很久才找到现在的地方，不巧我又来借宿，他们以为又是"来者不善"呢。

我扯起寻子旗子，说："我是找孩子的，哪有空跟你们抢地盘？我只是路过！"

他们这才注意到旗子上的内容，都有些不好意思。

我们随后坐在一起，拿出各自的食物，一起吃了起来。

第二天我离开的时候，他们竟然还生出了依依不舍的情分。那个头儿感慨道："你真厉害，还真敢和我们睡一宿。"

我笑了："不是我厉害，是你们胆小，怕惹事。"

我很清楚他们这群人，看似一副天不怕地不怕的模样，实际上只是一群半大的孩子，倒也容易对付。

《失孤》导演彭三源曾说过："寻子路上，郭刚堂有两种遭遇，一种是残酷的，一种是温暖的。"没错，我睡过桥洞坟地，去过多次寺庙道观，为的是白吃白住，我遭遇了多次车祸，被人打劫过，甚至乞讨流浪过，但我更遇到很多温暖，有为我照亮的司机，为我下碗面条的摊主，为我指路、送水、打气等的好心人。

还有可爱的志愿者们。我有一张加油卡，是南京志愿者送给我的，他们说："当你加油的时候，我们大家都在为你加油。"贵州的志愿者念念也给过我一张加油卡，里面有三千元，我回家路上用了七百多，后来有缘再次见到念念，我把卡还给了她。因为我认为，如果为了找孩子，迫不得已时我可以用那张卡，但如果不是为了找孩子，那我就坚决不能用里面的一分钱。

这一路上，说实话，并不是说我摊上的好事多，而是我要努力去记住那些好的东西，用美好善良抵消那些苦楚煎熬。有了这些温暖，我才能坚持下去。

想过放弃吗？当然想过，无数次想过。

有一次在大别山里，我已经赶路七八个小时了，突然，狂风大作，随之暴雨倾盆，我根本没法骑车，只能推着车缓慢行走。山里的风是打着旋儿地刮，我几乎把不住车子。突然，从山道里刮出一股邪风，把我连人带车裹着向悬崖底下拽。我死命撑着，但很快就脱力了。眼见我和摩托车已经滑到了悬崖边上，我本能地使劲一推车，把车子推倒在地，我自己一把抱住路边六十多厘米粗的防护栏，脸生生磕到防护柱上，一时间血水混合着雨水往下淌。膝盖也磕在马路牙子上，传来一阵锐痛。

我抱着防护栏挂在悬崖边，右腿滑向悬崖下。路边有灌木丛和石子，我的右边裤管扯开了，一直开到大腿，血水夹杂着雨水，流向雾气腾腾的山谷。

那一刻，我沮丧又愤恨，我想大声质问老天爷：为什么丢孩子的是我，为什么我找了那么多年孩子，找一个不是，找一个又不是，我的孩子到底在哪里。看着脚下深不见底的山谷，我真的想松开手，只要一松手，所有的苦痛就都没了，我就解脱了。

这时耳边传来啪啪的声音，我扭头看见歪倒的摩托车上的寻子旗，左边一面右边一面，都被风吹得啪啪响，旗上的小六好像在歪头跟我说："爸爸，小六不是一直在陪着你淋雨吗？"

我顿时一个激灵，是啊，我要是死了，谁帮我去找孩子？

于是我一咬牙爬起来，奋力扶起摩托车，扶正了后面的寻子旗，一瘸一拐地推着车继续前行。

后来还有一次，在云南的某个乡村，夕阳已经落下，黑夜还没来临，那是一天之中白天和夜晚的交界点，我却无暇欣赏风景，只顾在一条土路上快速行驶。黑夜逐渐降临，我开得很快，有一种错觉，不知道是黑暗在后方追我，还是我把黑夜甩在了后面。

突然，路上出现几块小石头，我的车轮避无可避，轧了

途经大别山时差点摔下悬崖的地方

上去。由于车速比较快，我没控制住，连人带车滑进了路旁的土沟里。那一刻，我的大脑一片空白，分不清我来自哪里，此时身在何处。那条路上几乎没什么车辆，我静静地躺在沟里，不知过了多久，才反应过来。那时候，天已经黑透了，天上没有月亮，只有点点星光。

我动不了，觉得身上哪里都疼，却感受不到具体哪里受伤了。我控制不住地胡思乱想起来，我是不是要死了，如果我死了，文革怎么办，孩子怎么办……

正应了那句话，人脆弱起来，什么都想得起来，什么都想不起来。我在那条土沟里躺了一个多小时，才逐渐缓了过来。好在只是皮外伤，没伤到骨头，我深吸一口气，再次踏上征途。

鲁豫姐曾经在《鲁豫有约》中问我，人生中没有答案是不是一件痛苦的事情？这个问题直接扎到了我的心。我一直在路上，在找孩子，其实也是在找一个答案。找不到这个答案，煎熬就没有尽头，我就无法死心，我内心受到的折磨就无法结束。

我答道："我不是一直在找这个答案吗？"

我经常一边开着摩托车，一边流眼泪。这个答案太难找了，我内心焦灼无法安宁，如同热水中的青蛙，拼命想蹦出大锅却无能为力，又如同被从水中捞出的鱼，使劲挣扎却回不到曾经的小水塘。

　　但是我不愿意停下，只要我还在找，起码还有找到和没找到这两种结果，但如果我不找了，就剩下一种答案了。只要还在路上，就一直有希望。每个人来到世上都是参加一场考试，我拿到了一张非常难的试卷，但是下课铃声还没响起，我还有时间认真作答。

郭伟记述

我十岁左右的一个傍晚，天色已经有点黑了，我和我妈刚吃完晚饭，在北屋看电视，忽然，一道大灯的强光照进院子，随之响起熟悉的摩托车声，我爸回来了。

我们赶紧迎上去，只见他和摩托车都脏兮兮的，明显是在哪里摔了跤，他手上有摔伤，身上沾满了土，衣服上刮了几道口子，护膝也破了，摩托车后面的寻子旗也耷拉着。

可能是摔疼了或者累坏了，他周身罩着冷意，很严肃，不像之前回来后会摸摸我的头。每当此时，好久没见老爸的我都会笑着贴上去，他也会搂着我。可这次我凑到他跟前，他却没有要理我的意思。我上前也不是，退下也不是，有点无措。

我妈看见他的模样很是担心，问他怎么回事，在哪摔了，严重吗，吃饭了吗。他只回答了最后一个问题，说自己没吃饭呢。我妈又问他这次在家待多长时间，他说一会儿就走。我们大吃一惊，这刚回来，还满身伤痕，怎么又要走呢？他说这次不走远，去河北的某个地方，接到了线索，要立马赶过去。

见他一脸疲惫，说话都没力气，我妈就不再问了，赶紧去做饭。他也没休息，而是去检修摩托车。摩托车的发动机和保险杠都歪了，寻子旗的金属杆也弯折了。他一一矫正回来，又把车子擦拭一下，然后自己换了身衣服。

这时妈妈做好了饭，他狼吞虎咽起来，很快吃完了，又起身装了点干粮，补充一些衣物，随之就跨上了他的摩托车，再次出发了。

这次回家他仅待了两小时，却是我印象最深刻的一次，至今我还能在回忆里看见那个疲惫到不想说话却依然马不停蹄的身影。

借由这本书，他在路上遇到的一些惊险事，我也是第一次这么详细了解。我记忆中的他每次回来，不爱讲他经受的苦难，而是给我从各地带回小礼物，让我增长见识，扩充知识面。

比如他从云南回来时，给我带了一个盒子，说里面是乐器。

我打开一看，一根管子插在一个圆柱体上。我的第一反应是这东西有点像葫芦丝，我们家之前做过葫芦工艺品，我对葫芦丝很熟悉，但马上发现那不是葫芦丝，是我没见过的乐器。他笑着告诉我，那是巴乌，还给我讲了当地人吹奏巴乌的情景。

他还喜欢讲在各地不同的见闻，比如在云南被折耳根给吓怕了，在四川被各种辣椒整破防了，在仰望乐山大佛时是如何受到震撼，并不由自主成为参拜者中的一员。

另外，他还会请一些名人、媒体人士给我写 TO 签，鲁豫老师就在其中，我至今记得看到她亲笔写的"郭新伟同学：好好学习，争取考上清华大学"的字条时心情何等激动。

曾经很长一段时间里，看到同学的爸爸去学校接他们我会很羡慕，听到邻居亲友们问"你爸啥时候回来"我会下意识地不想回答，看见爸爸收拾行囊又要跨上摩托车时我会想躲回屋里……我的成长中很大一方面缺失了他的身影，但写这些文字时，我恍然意识到，我从未缺失一个父亲对儿子殷殷的期盼。

妻子在，家就在

自从郭振丢失之后，长达几年的时间里，我都是在骑行、回家拿钱、找到线索上路、打探、失望回家这种循环中度过的。回家只是为了给家人报平安，说一下自己找孩子的结果，以及看一眼父母的身体情况、妻子的精神状况。

我当时一心想着，必须找到孩子，这个家才能完整。父母劝过我，让我多把心思放在家里，孩子已经丢了，我再常年在外，家都要散了；文革天天在家里等着盼着，虽说我的寻找让她心里有个希望，但她整个人也是萎靡的。我心里憋着一口气，我把孩子找回来不就什么都好了吗？妻子也开心了，家也完整了。其实细想起来，也算是自己钻进了死胡同。

直到有一次，我听说河南新乡有户人家的孩子像小郭振，于是赶了过去。赶到之后，又是一场空。我已经筋疲力尽，就随便找个小餐馆要了一碗烩面。说是小餐馆，其实非常简陋，里面的桌子很脏，店家为了显干净，就在木桌上都铺了报纸。我等面的时候闲来无事，就随便看着那份不知何年何月的报纸。

一个故事吸引了我的注意：一个缺少一条手臂的残疾人走在路上，觉得又渴又饿，就敲响了一户人家的房门。屋里走出一位大姐，他向大姐说明情况，想要点钱渡过难关。大姐没有直接答应，而是说，你照我的动作做一遍，我就给你十块钱。然后，大姐从地上捡起一块石头放在大门上。

残疾人觉得这位大姐是在为难人，明知道他失去了一条手臂，还让他做这种动作，但转念一想，只要照着做就有十元钱，为什么不做呢？于是，这个残疾人照着大姐的动作做了一遍。大姐也是言而有信之人，当真给了他十元钱，还给他端来一碗水喝，并送他一条毛巾擦汗。

这位残疾人顿悟了，原来大姐是想告诉他，他虽然是残疾人，但还有一条手臂的，一样可以自食其力。于是，他拒绝了大姐的十元钱，只留下毛巾作纪念。后来，这位残疾人真的靠自己的能力发家致富。他回到大姐那里想报答她，没想到的是，大姐拒绝了，表示自己不需要报答，如果想报答她，就去帮助更多的人吧。

一则很普通的励志小故事，很多人都看到过类似的情节，可能会一笑而过，而当时的我却深受启发——这位残疾人只有一条手臂，他失去的那条手臂再也回不来了，小郭振就像是我的那条手臂，但我不是残疾人，我还有妻子，我们可以再要一个孩子，那样的话，文革就不会整日活在自责中，也能重新体会身为人母的喜悦。

从河南新乡回家后，我就和文革谈及再要一个孩子的想法，却遭到了她的强烈反对。她哭着问我："你是不是累了？你是不是准备放弃了？"

我明白她的意思，她是担心我会逐渐忘记郭振，忘记那个被拐走的大儿子，用另一个孩子当替代品。这样做，对大儿子和后面的孩子来说都是不公平的。我告诉她，我不会忘记郭振，也不会放弃寻找郭振，再要一个孩子更不是让他来顶替郭振，而是她需要一个孩子。

这些年，我在外面寻找儿子，不管消息的真假，至少我是在路上的。那留守在家里的妻子呢？日复一日的等待，年复一年的期盼，还有无尽的孤独，我见到太多寻亲家庭就是在这种等待里耗费了所有的气力，失去了生活的方向。我要的是一个家，妻子在，家就在。但我真的害怕哪一天，妻子在等待消磨中撑不住了。

　　渐渐地，文革明白了我的心思，点了头。但她想得比我深，比我远，也比我现实。家里几乎没什么积蓄了，如果再生一个孩子，如何抚养他，如何平衡找孩子的开销和养孩子的开销呢？

　　于是，我们并没有急于求成。那段时间里，我没有再出门，而是专心在家里陪伴妻子调理身体，又接着做运输，努力挣钱。很快，文革传来好消息，我们要再一次做父母了。她的脸上有了久违的笑容，我们家也有了久违的安定，不久后，我的二儿子郭伟出生了。

　　一个丢失孩子好几年的家里，终于再一次传来了婴儿的啼哭声，也传来了孩童的欢笑声。

　　郭伟出生后，毫不夸张地说，文革视他如命，片刻不撒手，就算在厨房做饭，她也要把郭伟放在房间里，坚决不肯让孩子独自在院子里玩耍，生怕再像大儿子那样。但郭伟的出生也把文革从孩子丢失的泥潭中拉了出来，她的状态肉眼可见地变好了。

　　郭伟会喊妈妈的时候，她笑得特别幸福；郭伟蹒跚学步的时候，她在一旁小心看护；郭伟上幼儿园的时候，她每天接送，还早早教育他不能跟陌生人走。郭伟每次问她，爸爸出门去干什么，她也毫不避讳地告诉小郭伟，你还有个哥哥，被坏人带走了，爸爸去找他……

　　我们两口子从来不向郭伟隐瞒郭振的事情，每次我出门去找孩子，都会告诉二儿子，哪个地方传来消息，说有个很像你哥哥的男孩，我要去看看。刚开始，郭伟也像当初郭振那样，拉着我的衣袖说"爸爸，不走"，但随着他长大，那句话就变成了"爸爸，早点回来，带哥哥一起回来"。

　　郭伟的到来，如同一道希望的光芒照进我的家庭，不仅让文革重拾生活的希望，也让我们再次感受到生儿育女的意义。

　　再后来，我和文革又要了一个孩子，也是一个儿子，取名叫郭泽。

　　如今回头看，我无比庆幸当初做了这个决定，尽管生活仍然非常艰苦，尽管小郭振仍然没有找到，但生活出现了希望，让我们这个摇摇欲坠的家庭重新凝聚、扎根。

我突然意识到，原来我们如此贫困

　　文革怀郭伟七八个月的时候，我得到消息，广西那边有一个孩子很像郭振，我马上准备前往广西。这一次，文革有些犹豫，但她没有阻拦，只是给我的路费较之前少了一些。我当时并没有在意，骑上摩托车就出发了。

　　星夜兼程，赶到之后，又是竹篮打水一场空，于是我没有耽搁，马不停蹄地回家了。到家之前，我并没有通知文革，而是一路到家，推开房门，眼前的一幕却让我愣在了当场。挺着大肚子的文革正站在灶台前，拿着一个馒头蘸酱油吃，酱油碗里只漂了一点油花，旁边还搁着一碗玉米糊糊，这就是她的午饭。

　　看到我突然进门，她吃了一惊，问我怎么这么快就回来了。我顾不上回答她的问题，指着馒头和酱油问她：“你就吃这些？”

文革这才窘迫地说：“家里早就没钱了，就算平时亲戚们帮衬着，家里也欠了不少外债。我一人在家，能省就省点吧。”看我脸色难看，她又连忙安慰我，“我没事……就是今天想吃馒头了。”

那些话如同针一样刺得我生疼，险些落泪。妻子竟然为了省钱，被逼到这个份上。我也才恍然大悟，之所以这一次出门的路费比之前少，不是她舍不得，是因为家里确确实实没钱了。

我苦闷地搓了搓额头，拉着文革去了父母家。我没有把文革在家吃馒头就酱油的事情告诉父母，那样只会让父母跟着难过，只是说我刚回来，肚子饿了，想吃妈烙的大饼。我母亲二话没说，就进厨房做饭。按照现在的话来说，我只能带着老婆回父母家啃老，为的仅仅是让老婆吃一顿饱饭。

寻子的这一路上，我遇到太多不幸的人，他们都有各自的原因，但又有谁能真的解决问题呢？寻找孩子是一个艰巨而漫长的过程，不是短时间内就能实现的，甚至有可能一辈子都找寻不到。然而，日子还得过下去，外债得还，我得换个活法。

我琢磨了一晚，第二天让文革把家里所有债务都整理好交给我。

文革犹豫了一下，从抽屉里掏出一个笔记本，里面密密麻麻的都是外债的明细：

×年×月×日，×××资助郭刚堂、张文革夫妻××元；

×年×月×日，×××借给郭刚堂、张文革夫妻××元……

里面有借款，也有资助款。资助款大多来自关系比较亲近的亲戚，比如兄嫂、叔伯兄弟；借款大多来自同村的乡亲父老。除了父母和兄嫂等直系亲属给的钱款，其他人的都算作是债款。

文革用计算器算了好几遍，最后告诉我，有三十六万。

在2006年、2007年左右，三十六万元，对于绝大不多数家庭而言都是一笔天文数字，更何况我们家是在农村。尽管我做足了心理准备，甚至做了一宿，但这个数字还是有点出乎我的意料。

文革见我迟迟没说话，就安慰我："别怕，钱咱们一点点赚，一点点还。"

依然是这句话。如同当年我去驾校学开车，需要找别人借钱交学费一样，她从来都不怀疑我的能力，永远相信我一定能做到。这种无条件的信任和包容，给了我很大的信心。

我告诉自己：一定能还清债，也一定能找到郭振。

在家里算完了债务，随后我去挨家挨户登门拜访了各位债主。自从郭振丢失之后，乡亲们没少帮助我们，不管是在初期的仗义相助，还是后来的雪中送炭，于情于理，我都应该亲自去感谢。

去了之后我才发现，每一家都有每一家的难处，大家过得都不富裕，虽然嘴里说着"别着急，慢慢还"，但谁家不着急用钱？有老人生病住院的，有孩子上学的，有攒钱娶媳妇的……转了一圈之后，我在本子上写下了七八条：

××家急用钱，优先偿还债务；

××家急用钱，优先偿还债务；

……

我以前确实是只顾自己了，沉浸在自己的痛苦中，以为自己的痛苦比天大，我的家都破碎了，老天爷还想怎么样？还能怎么样？然而，时间瞬息不停，生活的巨轮滚滚而过，每个人都是挣扎求生者，都有不能与外人道的苦。

此刻摆在我面前，比找孩子更重要的难事，是挣钱还债。

回到家后，我租赁了一台拖拉机和一台挖土机，检查之后我发现这两辆车的车况还不错，看来这些年其他的租户也都算爱护，能够直接上手。

干工程分淡季旺季，到了冬天，很多工程队的活儿就少了，我就趁着那个时间去外地找孩子；活儿多的时候，我就在家里多赚点钱。

就这样，我开始了边还债边寻子的生涯。

五年还清三十六万

夜深人静时，我也曾幻想过，如果郭振没有被拐走，我仍然干着工程运输，该是怎样的光景？

年轻的时候，我也有过梦想，觉得能够凭自己的能力闯出一番天地，甚至要带领乡亲们组建运输工程队，发家致富。那短短的两三年，是我最意气风发的时候，赚了些家当，买了拖拉机，还攒下五万多元的积蓄。

此外，我还生出一个更大胆的想法：投资建设旱冰场。那是 1996 年底，我从电视上看到河北石家庄有一个旱冰场，每天的客户特别多，净利润能达到三五百块。我动了心思，心想：建设一个旱冰场能有多难？承包几百平方米的地，铺土推平，浇筑上水泥，再用水一浇一冻就齐活了。我和工程队的人很熟悉，对于建造这种难度的工程，稍微一估就能算出成本，再合计合计，就能初步估算出利润。

我兴奋地发现，完全可行！而且等旱冰场建好后，我再把周围的地方租给小摊贩们，让他们像赶集那样卖些小玩意、小吃食，他们能赚钱，我还能收摊位费……

运输的生意很不错，旱冰场的计划也在调研中，那段时间的我，感觉过得太顺了，每天都充满干劲，有滋有味。如果命运是一辆行驶的车，1997年9月21日那天一定是"砰"的一声巨响，爆胎了！郭振被拐，我的好日子戛然而止！

人贩子的一桩恶行，让我从一个充满干劲的年轻丈夫，瞬间变成骨肉分离、穷困潦倒的失子父亲。

每每想到这些，我就无比地痛恨人贩子。我无数次咀嚼心在淌血的痛苦，目睹了那么多被人贩子一手毁掉家的惨剧，无法违心地说出"我不怨恨"。

但此刻，那一张张欠条和妻子馒头蘸酱油的事实提醒我：我没有资格颓废，也没有时间耽误，我必须扛起养家的责任。

距离我上一次干工程跑运输已经过了几年的光景，公路建设基本完成，那些之前熟悉我的工程队都去其他地方干活了。但当时房地产行业正如火如荼地进行着，村子附近依然有很多零散的工程，只要熟悉起来，不愁没有活儿干。

在当地，很多人听过我为了寻找儿子多次骑摩托车上路的事，得知我回来跑运输，都愿意帮衬一把。他们不会直接说，看在你儿子被拐走的分上，这笔买卖给你做吧，而是告诉我很多信息，比如哪家工程队缺砖块，哪家工程队缺水泥。而这些信息对于我来说，就是信息差，就是赚钱的机会。

对于工程运输这种"重工"来说，信息更是无比重要。辛辛苦苦拉了一车钢筋送去，但人家需要的是水泥，结果不光卖不出货品，还得搭上油钱。但有了这些信息，我知道哪个工程队在哪个时间段需要水泥，哪个工程队在哪个时间段需要钢筋，再加上我在外地寻子几年的时间，早就熟悉了各个省份的人情世故，特别清楚该如何和他们打交道，很快就和好几个工程队负责人成了朋友。这样一来，他们即便离开了这里，只要新的工程距离我那儿不远，仍然会让我负责货物运输，相当于和我形成了长期合作的关系。

于是，我又过起了每天送两趟货、跑建材城购买两趟材料的日子，如果工程催得紧，我还会增加一趟。在送货的过程中，我认识了很多在农田里干活的村民，他们一辈子都在土地里刨食，春天下地干活，秋天收农作物，到了冬天就闲下来了。

在跟他们聊天的过程中，我又发现一个商机。那天，一个跟我比较熟的农民，问我运一趟货物要多少车费。原来他想让我给他运一车土，他会烧砖头，想趁着冬天多烧点砖块，过了年好拉去卖钱。我问他一个冬天能烧多少块砖头，每块砖头能卖多少钱。他说这就是个苦差事，一块砖头也就卖一块三毛到一块三毛五分，一个冬天也就能烧出万把块砖头。我心思一动，意识到这是个生意。我经常跑建材城，很清楚市场行情，一块砖头从建材城进货怎么也得两三块，如果我买进再卖出，他一冬天能赚万把块，我也能赚万把块。

于是我告诉他，我可以免费给他运土，但等他烧好砖块后，所有的砖块都要按照每块一元三角五分卖给我。他自然是乐意的。就这样，我又摸索到一条赚钱的路子。

文革挣钱也非常卖力，经常去工地上扛水泥，不仅把一袋袋水泥扛到楼上，还要十袋十袋地堆放好。有一次我回家没见到她，听邻居说她去扛水泥了，等我找到她时，她已经扛了半屋子。在烟尘弥漫的工地上，她肩膀上搭了一条旧毛巾，汗水把头发全部打湿，顺着脸颊淌下来。我想要接替她干下去，她却把我推出去："马上就干完了，脏得很，你别占手了，快回去吧！"

就这样，家里每赚回一笔钱，文革都会拿出三分之一作为家里的日常开销，另外三分之一按照本子记录的先后顺序还给乡亲们，最后三分之一攒起来，作为日后骑车上路寻找

我在摩托车上带着葫芦，一路走一路卖

郭振的款项。

经过五年没日没夜地埋头苦干，三十六万元债务终于还清了。这五年间，春夏秋三季我几乎把所有精力都放在挣钱上，每天都出车，一趟趟奔波于路上；到了冬季，我就骑着摩托车到外地找孩子，哪怕寒风凛冽，我也不改变行程。

而且每次出门，我都会在摩托车上装一个近两米高的箱子，里面装满文革做的葫芦烙画，这是我出门的盘缠，是文革为了补贴我在路上的花销，特意学的聊城当地的传统手艺。一路上我边走边卖，维持路上开销。

前三个季度里，什么赚钱我干什么。第四季度里，哪里不要钱我就住哪里。

辛苦吗？当然苦，但是第二种苦才是真的苦，是无法说出口的苦。

家人是缘，携手并肩

我经常说一句话："只有在路上，我才感觉自己是一个父亲。"但说实话，郭振走丢的时候太小了，我并没有真正体会到做父亲的滋味，我对孩子的印象还停留在他牙牙学语的阶段，还停留在他拉着我的衣袖要糖吃的画面。孩子的成长，我只看到了一个朦胧的影像，就被命运夺走了做父亲的喜悦。直到郭伟和郭泽相继出生之后，做父亲的意义才逐渐在我心中立体起来，也让我渐渐意识到，那些年我错过了很多。

在路上时，我见过太多寻子家庭，很多都像影视剧中演的那样：孩子丢失后，夫妻俩都竭尽全力地找孩子，然而时间久了，其中一方累了、倦了、麻木了，准备收拾心情重新面对生活，但另一方不愿意，认为重新面对生活就是背叛了被拐的孩子，两个人渐行渐远……

　　不能说那些愿意开始新生活的寻亲家长是错误的，开始新生活不代表忘却曾经发生的一切，也不代表放弃寻找孩子；也不能说那些沉溺在过去无法自拔的寻亲家长就是正确的，生活里没有那么多非黑即白，孩子丢失，是一个个家庭的支离破碎，破碎的不仅是斩不断的父子情深和母子连心，更是夫妻之间曾经那份情谊。

　　这也让我意识到，我拥有一份来自妻子的多么难得的信任和支持。

　　我曾无数次在接受访谈的时候说过，这辈子我没有亏欠过任何人——包括那些不计得失帮助我的陌生人，我都用其他方式偿还了他们的善意——除了我的妻子张文革。从相识到结婚，到天降厄运，到我常年在外寻子，她从来没抱怨过，不嫌日子清贫，不怨我不着家，唯一的怪罪只是冲着自己——郭振的丢失她一直怪在自己头上。

　　我曾无数次宽慰她，孩子丢了，不是你的错，是人贩子的直接过错，是买家的间接过错，我们何错之有呢？难道我们错在生了一个儿子吗？

　　然而，一个丢失孩子的母亲的心结，哪里是那么容易解开的？况且我还错过了那么久的陪伴和安慰。

　　郭伟出生后，文革特别谨慎小心，天天守在他身边，生怕自己一个不留神,这个儿子也不见了。有时孩子看电视入了迷,半天不出声,她就紧张地跑去看孩子还在不在。

这份小心翼翼和谨慎,已经超出了母亲对孩子的在意。我劝她别太紧张了,没想到她哭着说,每次看到郭伟,都会不由自主地想起郭振,想郭振在买家那里过得好不好,会不会被打骂……

郭振丢失,是从他母亲心上生生剜了一块肉,这处伤时间也医治不了,而且历久弥新,永远无法愈合。

郭伟的到来就像一道阳光,给了我们巨大的温暖。他是个特别懂事且早熟的孩子,我们从来没有避讳过郭振被拐的事情,他是在文革耳提面命的叮嘱中长大的,是在我们日益贫困的家里成长的。

我始终记得,郭伟上幼儿园时,有一次我去接他,很多小朋友都拉着父母去附近的小卖铺买零嘴(零食),他却目不斜视地跟着我往家走。

那时候,我经常出去寻找郭振,陪伴郭伟的时间并不多,所以总想补偿他。我就问他要不要买点零嘴?郭伟却说:"不了,我们得攒钱去找哥哥。"

后来我赚了点钱,也还清了外债,但郭伟仍然保留着节俭的生活习惯。直到上中学后,我去给他开家长会,看到他为了赶晚自习，晚饭就吃了一个大饼卷鸡蛋。我提醒他要注意营养。他却说："我都习惯了，不饿就行了，我得赶紧上课去了。"

　　对郭伟成长的错过，始终是我无法弥补的遗憾。但正如文革所说的，每次看着郭伟，我就更加坚定要把郭振找回来。我们是血脉相连的一家人，缺了谁都不行，这个家一定要团圆。

郭伟记述

农村的孩子大多被"放养"，特别是男孩子，总是三五成群满村子疯玩。吃饭的时候妈妈站在家门口，嗓音嘹亮地喊各自的孩子回家吃饭，这一幕是很多农村孩子的童年记忆，我却没有。

我小时候玩耍，总是在我妈的视线范围内。如果我去哪个小朋友家里玩，我妈会一直目送我到对方家，有些离得稍远的，超过了我妈的目光所及范围，我刚到对方家里，她的电话就打给人家爸妈了。回去的时候要么是我妈来接我，要么是人家的父母把我送回去。

邻居也都对我格外关照，孩子们一起玩闹的时候隔一段时间就会看看我在不在，有好吃好玩的也总会先想到我。

　　但身在爱中的人怎么会意识到爱的浓度呢？小时候的我完全不知道自己获得了比别的孩子更多的爱，每天都很开心，度过了一个快乐的童年。

　　上小学后，学校旁边有一家辅导孩子写作业的课外班，每天放学后和周末可以去。有一天周五放学时，同学邀请我和另外几个孩子一起去，写完作业好一起玩，我背上书包就加入其中，忘了告诉我妈一声。

　　小学是四点半放学，我和小伙伴愉快地玩到了六点多。忽然，我看见我妈骑着电动车来了，下了车后跌跌撞撞地跑进来，一眼看见我后，眼泪唰地掉下来，抬手抹了一下，红着眼睛向我走过来。

　　我一下子蒙了。拉住我的那一刻，我妈开口就是："以为你也丢了呢！"

　　看着我妈的泪水，我意识到自己做错了，但她并没有骂我，更没有打我，只是一直哭，边哭边含糊不清地说："要是再来一下子，我真没法活了……"

　　长大后回忆这一幕才意识到，我消失的那一个半小时，我的妈妈重温了孩子丢失的噩梦，那么多年来，她都处在高度紧张的状态中，紧紧绷着心中的那根弦。

哥哥被拐后，爸妈又生了我，后来又生了弟弟，网上有些人很不理解，郭刚堂已经有两个儿子了，为什么还去寻找大儿子？反过来说，既然那么疼爱大儿子，为什么还会再生两个孩子？

在我的成长过程中，这个问题也一直盘桓心中，直到哥哥找回后，我才敢以开玩笑的语气向爸妈问出口。

他们的回答是，这是两件事情，找孩子也要生活下去，没有你和弟弟，这个家不就散了？

是啊，不仅生了我，还生了弟弟，好像其他孩子被拐的家庭如果再生孩子，也会生两个，以前不理解，现在我有点明白了。

有些伤一旦形成，即使伤口表面愈合，那种伤痛的感觉却如影随形，无法消除。而他们，丢怕了。

再次频繁出门寻找

2005 年到 2010 年之间，公安系统针对妇女儿童拐卖案件进行了突击办案，破获了几起全国性妇女儿童拐卖案件。那段时间，警察同志经常来家里找我，他们会把审出来的案件线索告诉我，也会询问我很多郭振当年被拐的细节，进行比对。

每次听到他们带来的消息，我都特别高兴。郭振刚刚丢失的时候，警察同志忙活了小半年，查找过各种信息、调取各路监控，但都是无功而返。毕竟当年的基础条件不好，很多地方没有监控，对人贩子"小霞"的情况的了解也很缺乏。而这一次，在其他省份破获的拐卖案件里，警察同志对犯罪嫌疑人进行了突击审讯，其中有几个孩子的信息都比较符合郭振，但又不完全符合。

　　我心里没底，问了负责我这个案子的警察同志一个寻亲家长最关心但最无解的问题：到底能不能找到？警察同志说，很多人贩子在卖孩子的时候不是直线行动，为了不露出马脚，都是转手操作，比如找当地比较愚昧或比较贫穷的人，通过他们再进行操作。他们会谎称孩子是"家里穷，养不起"的，让买家"收养"小孩。

　　警察同志知道我家的情况，建议我去破获案件的当地再咨询一下，并且说肯定能找到比案情通报上更详细的资料。听他这么说，我也觉得是个办法，之前都是在民间获取相关线索，听说哪里有被拐卖的男孩，我就过去看，现在好了，直接去找当地警方，消息更确切，也更好分辨。

　　有了这些信息，就有了一个个目的地。我和文革商量之后，决定按地域划分，去看看每个买家和孩子。那时候，我已经骑坏了至少七辆摩托车，文革让我再去买一辆新车，买好一点的、安全性能高一点的，但我舍不得。眼看着郭伟越来越大，我不能再像之前那样不管不顾，把家里的积蓄都掏空。

　　就在我百般为难之际，我哥让我去他家一趟，把他那辆旧摩托车开走。那辆摩托车其实是我侄子的。侄子说，他打算买汽车，这辆摩托车扔着怪可惜的，不如送给我这个正好需要的叔叔。

我知道这不过是哥哥家帮助我们的借口。明白了他们的心意，我也就不再多言，正应了那句话，大恩不言谢，我们兄弟之间的情谊，用钱来衡量就浅薄了。

就这样，我又一次频繁地出门寻找孩子。

这次上路，条件比过去好了很多。我有了专用的安全头盔，还有专门用来御寒的护膝、护腕和斗篷，价钱不贵，还特别实用，比我当初的塑料布、雨衣管用多了。

文革打算把家里的全部积蓄都拿给我，我没同意，家里必须留点钱，以备不时之需。通过那么多年的摸索，我知道怎么花小钱办大事：住宿方面，继续找免费留宿的地方；吃饭方面，不锈钢饭盒已经准备好了，方便食品的种类也更多了；加油方面，加油站已经全国连锁了，乡亲们给我攒了很多优惠券，能节省不少钱。

我根据警方通报上提到的 ×× 市 ××× 分局这种信息，直接找到当时负责侦办拐卖人口案件的警局，拿出老家这边警局的立案证明等文件，向当地警察说明情况。他们知道我是被拐儿童的父亲，多年来一直没有放弃寻找孩子，都特别感动，也愿意帮助我。

和之前那些民间信息不同，这次我可以大张旗鼓地找，不用再偷偷摸摸了。之前很多买家看到有人来找孩子，会死命阻拦，我只能一点点试探，但他们的警惕性特别高，尤其是在最初的几年，我也因此和他们发生过矛盾。这一次不同了，买家虽然仍然特别警惕，只让我远远看上一眼孩子，但好歹知道自己在公安机关已有案底，在言行上就会有所收敛，有的人家甚至已经做好了孩子的亲生父母找过来的准备。

我一趟趟地跑、一次次地找寻，看到了数十个被拐卖的儿童，但他们都不是我的郭振。其中，有一个孩子特别特别像，甚至眉眼都有点像我年轻的模样。当时我特别激动，冲上去就要抱住孩子，但孩子的养父母死命拦着我，问我的孩子有什么特征。

我反应过来说，孩子的脚上有一块烫伤，有伤疤。买家听我这么说，松了口气，脱下孩子的鞋袜给我看，孩子的脚上一点伤疤都没有。

买家松了口气，我却泄了气。我寻子这么久、走过这么多路、见过那么多孩子，这个小男孩最像我心中的"郭振"。我曾经无数次幻想过郭振长大后是什么样，包括长多高，是胖是瘦，像我多一些还是像文革多一些……眼前的男孩，那么像我的郭振，却终究不是。铺天盖地的憋屈和失望，像潮水一样淹没了我。

我拉着孩子养父的手，哭诉道："老哥哥，我找了这么多年的儿子，他真的太像太像了，你能不能让我再多看他几眼，就一会儿！"对方知道孩子不会被带走了，看到我如此难过，就把孩子拉到我身边，让我看个够。

我趁着对方放松警惕，问孩子记不记得自己的老家在哪里，能不能想起来什么细节之类，然而那个孩子的眼神里充满了茫然和无措。和我见过的那些被拐孩子一样，由于被拐时年纪太小了，那些记忆早就消磨在了岁月中。在他心里，我是个闯入者，是破坏他平静生活的不速之客。

我当时心里很难过，不由自主地带入了他的亲生父亲的角色，如果是他的亲生父亲找来，被自己的儿子视为不速之客，心里该是什么滋味……

这只是无数次失败经历中的一次，却让我品尝到险些找到儿子的巨大惊喜，以及伴随而来的巨大失落。我后来给自己打气：看来郭振可能要找到了，老天已经开始让我练习如何应对那个场面了。等老天觉得我内心强大到可以平静接受找回儿子的事实了，应该就会把我的儿子还给我了。那么，擦干眼泪，继续上路吧。

勿以善小而不为，勿以恶小而为之

在路上，永远都不缺少故事和事故。正所谓，在家千日好，出门寸步难。年轻时，凭着一腔热血和毫无顾忌的劲头，路上出了什么事情我都不怕，大不了豁出命去。

但这一次频繁上路，我突然感到怕了，一方面是我的愿望还没有实现，我还没有把郭振找到，没把他带回到文革的身边，另一方面，我还有郭伟和郭泽。人一旦有了顾虑，就会变得胆怯，就会变得谨小慎微。

有一次，我在某地的加油站给摩托车加油，突然窜出来几个"非主流"青年，他们个个都染着红头发，文着大花臂，一看就是当地的小混混。他们走到我跟前，其中一个用商量的口吻说："老哥，我们兄弟没钱花了，能不能找您借点？"

当时很多地方都经历了严打，治安变得好多了，但在相对封闭、偏僻的地区，还是有不少小混混。他们聚集在一处，偶尔向路过的陌生人"借用"点钱财，每次的金额都不太多。

我知道，这时候不能硬碰硬，他们这个年岁，往往最没轻没重，一旦起了冲突，很难控制。我忙从兜里掏出香烟，挨个递过去："几位小兄弟，我这次是出来办事的，兜里没有装多少钱，还得留出回去的路费，是真的不方便。"

那个小伙子看到我散烟，还以为我很"上道"，正准备收钱，却听到我这么说，眼睛一瞪，骂道："好好商量没用是吧？让你借点钱是看得起你，别不知好歹！"

我连忙说："哪能啊，小兄弟……"

就在我和对方拉锯的时候，一个像是"老大"的青年拉着我摩托车后的旗子看了看，转头又看了看我，问："来找孩子的？"

我连声说："对啊，我是来找孩子的，孩子都丢了好几年了，来这边看看能不能找到。"

青年又看了看我，然后摆了摆手："你走吧。"

刚开始为难我的那个小伙子有点不高兴了，嘟囔着："就这么放他走了啊。"

青年直接"呸"了一声，说："你不长眼睛啊，这种人的钱你能要吗？不怕遭报应吗？别说他没钱，就是有钱也不能要！"

我没敢再停留，对他们道了声谢，就赶紧骑车离开了。

这群人游手好闲，平日里对比他们弱小的人总是呼来喝去，在大众朴素的认知里不是什么好人，但他们又有着自己的认知：讲哥们义气，讲江湖道义，有道德底线。

还有一次，我按照公安部门提供的被拐儿童的信息找到一个村落。那个村子很偏僻，地图上没有特别明确的标识，我走着走着就迷路了。虽说是在村落附近，但实际上和荒野也没什么区别，放眼望去，都是荒山和树林。我不敢贸然前进，生怕越往里走越偏僻，走不出来就糟了。

我停在土路的边上，等待路人经过，好打听一下。过了几个小时，好不容易遇到一个村民，我走上前，递了根烟，问他知不知道×××村怎么走。村民看了看我，又看了看摩托车后面的旗子，没有直接回答我的问题，反而问我是不是来找孩子的。我当时找孩子心切，也没多留心，就点头称是。村民给我指了一个方向，告诉我一直往那边开，见到什么标识右拐，再往前走就应该是了。我连忙记在本子上，然后道谢离开。

然而我骑了很久，都没见到那个村子，再停下车看了看地图，感觉自己越骑越远了。我心里很纳闷，不敢往前骑了，只好又停下来等待路人。这次遇到的村民给我指的方向正好相反，告诉我只消在刚才遇到上一个村民的地方继续往前走，不久就到了。我觉得很奇怪，那个村民为什么要给我指相反的方向呢？是故意让我越走越远吗？

后来我终于明白了，那个村民就是那个"买家"的亲戚。他知道自己的亲戚"买"孩子是不对的，但已经养了这么久，不想让孩子被亲生父母带走。他觉得只要给我指了相反的方向，我就找不到了……

村主任解释说，那户人家是老实本分的人，虽说"买"了孩子，但对孩子真的没话说，砸锅卖铁也支持孩子上学，等等。但这些话我听着极其刺耳。且不说孩子亲生父母家里的条件如何，抚养孩子、让孩子上学，这些难道不是父母应该承担的责任吗？怎么就变成了老实本分的证据呢？

在寻亲路上，我遇到了形形色色的人。有的长得五大三粗的大老爷们，看到我摩托车上的旗子，非得拉我去旁边的烤串店里吃饭，边吃边哭得稀里哗啦，跟我感慨想自己的爹妈了。

有的小姑娘看着身材单薄，瘦弱胆小，却敢为了试探对方是不是买家，假装自己是这个村子里出去打工的，即便被发现了还能理直气壮地跟对方吵架。

也有些人看起来老实本分，却总是做出损人不利己的事情。比如有人趁我睡着后，用小刀把我摩托车后面的旗子划破，被我抓了个现行后，却说是觉得好玩。

还有些人好心办坏事，比如明明不确定怎么走，偏偏给我指了错误的方向，或者把道听途说的虚假信息，却当成真的告诉我。

刚开始，我以为"大千世界，无奇不有"，后来渐渐明白了，这就是人性。人性千面，构成了世面。

如果我只是一个老老实实讨生活的上班族，我见识到的就是那些天天把"您好""多谢"挂在嘴边的白领，不管私下里有什么利益争斗，都会维持表面上的和平；如果我一直在家乡跑运输、做工程，遇到的就是天天称兄道弟的哥们，以及好勇斗狠的竞争对手。

为了找到郭振，我遇到了太多人，除了形形色色的"民间人士"，还有侦办案件的警察同志。他们在刑侦工作的第一线，辛苦而忙碌，生活作息毫无规律，有时候正和我说着情况，一个电话打来就去出任务了。

还有心地善良的志愿者，他们不是为了我一个人，而是为了无数个素不相识的寻亲家庭而奔波在天南地北，有人放弃了自己的事业，有人放弃了自己的大好生活。

见众生而见天地，我仍然愿意相信那句"世上还是好人多"。但我更愿意说"勿以善小而不为，勿以恶小而为之"，如果世间所有人都能如此，"天下无拐"又岂是遥远的梦想？

网络让更多人知道我

　　互联网的兴起，是我寻找郭振的一个转折点，更是我人生的转折点。很多人知道我、了解我的故事，都是通过网络。我和网络结缘后大体经历了四个阶段，每个阶段都很有时代特点，回想起来特别有意思。

　　我是个没读过多少书的粗人，在互联网成为时代主流之际，我的所有心思都用在找寻儿子上，对电脑可谓是一窍不通。后来，有人建议可以借助互联网的热度，我才开始走进网吧，一点点学习如何上网、如何发帖。在摸索中我逐步找到了发帖的窍门，懂得了如何通过标题吸引眼球，将帖子重点发在哪个版块，等等。

　　通过网络，我加入了很多寻子的 QQ 群，里面有很多寻

亲家长。在网络这个虚拟的世界里，我们一起抱团取暖、相
互安慰。那时候，我已经逐渐接受了孩子被拐的现实，也通
过无数次失败的经历明白，找回孩子不是一朝一夕的事情，
要有持之以恒的决心和毅力。但很多孩子刚被拐走的父母不
知道，他们放任自己沉浸在悲伤、焦虑和担忧中。这样做于
事无补，还会造成新的伤害和悲剧。我用自己的亲身经历、
亲眼所见和他们分享经验心得，久而久之，我就成了 QQ 群
里比较活跃的人。

在 QQ 群里，除了寻亲家长们，还有很多打拐斗士。他
们中有些人是经历了解救被拐儿童（尤其是被组织致残去当
乞丐的可怜孩子）之后，萌生了打拐的念头而加入的，有些
人是去山村支教，认识了一些被困在贫困山区里的疑似被拐
儿童而加入的。他们无私地奉献着自己的力量，让我们找到
更多线索，为找到孩子提供更大的可能性。

再后来，天涯论坛、YY 语音、博客等各大网络平台逐
渐兴起，互联网真的成了一个信息的海洋。QQ 群里的群友
们想方设法地在网络上发帖，吸引关注，我长达十几年（当
时是十几年）骑摩托车寻找儿子的事被他们发在了网上。

一个男人，十几年来风餐露宿，流落街头，只身骑着
摩托车跨越祖国几十万条道路，只为了寻找被拐卖的儿

子……再配合上我骑摩托车的照片、郭振丢失时候的照片。不少网友看到后特别感动，纷纷转发，一时间竟成了网络热门新闻。

很多媒体在网上看到了我的故事，也纷纷采访我。先是报纸杂志的媒体，后来还有一些电视媒体，就连中央电视台也来联系我。

对于各方采访，我来者不拒，不管是哪家媒体，只要能报道郭振被拐的前因后果，能刊登郭振的照片，我都接受了。我本来就想把寻子的事最大程度传播出去，让更多人知道，那样郭振的线索就更多了。而且我也希望能让"买家"看到，当初他们拐卖的男孩的亲生父母从来都没放弃过寻找孩子。

每每接受采访，重新讲述郭振丢失时的点点滴滴，回忆这十几年来寻找孩子的坎坷经历，我总会忍不住痛哭失声。每一次回顾，都是把伤口亲自扒开给大家看，以致伤口更深、更痛，永远无法痊愈。

让我始料未及的是，竟然招来了很多骂。有些网友说，我已经有了两个二儿子，就别再用已经走丢的长子来卖惨了；还有些网友说，家长是孩子的第一责任人，孩子丢了，就说明家长没有看好，都十多年了，家长还不承认自己的错误，反而用已经被拐卖的大儿子来博流量……

说实话，一开始我是蒙的，我找孩子十几年，遇到形形色色的路人，很多是充满善意的，也有不感兴趣的，那就擦肩而过，但遭到谩骂和非议还是第一次。我不禁陷入自我怀疑中，难道我真的做错了？

可明明我才是拐卖儿童案件的受害者啊！错的是人贩子，为什么大众会讨伐我呢？

苦恼了好几天，我才渐渐想明白了，在路上遇到的人是面对面打交道，即使人家心中不快，也没必要表达出来，但网络是一片匿名区，谁也看不见谁，谁也够不着谁，说话就没了顾忌。可能人家说完就忘了，我却在这苦闷了半天。

而且非议我的只是一小部分，大部分人还是心怀善意，想要帮助我。一些人留言要给我捐款捐物，甚至有网友搜到了我的联系方式，找我要银行卡号。我向他们表示感激，但捐款一事被我婉拒。我始终相信，每个人的福报是有数的，如果过分消耗别人的善意，我一定会遭到反噬，不管是利益上的反噬，还是舆论上的反噬，都是不好的。

再看网上评论时，我可以平静地浏览完所有内容，不管是骂的还是鼓励的，我都要看完，万一骂出了有用信息呢？只要有助于我找到孩子，随便怎么评价，我都不在意，相反如果骂出了花样，吸引更多人来看，我还要感谢骂我的人呢。欣慰的是，自始至终，网络上的关心都大过非议，帮助大过谩骂。

媒体的热度维持时间不算很长，更像是一股风，风气来了，很多人一拥而上，争相采访我、报道我，但是风气过了，他们又去寻找新的目标。但这一次集中报道让我认识了一个人，她的出现改变了我的寻子轨迹，也推进了民间打拐的进程。这个人就是电影《失孤》的导演——彭三源。

失孤，刘德华

在那段时间媒体爆发式的报道下，彭三源导演看到了我的故事，他找到我说："我的直觉告诉我，这是一个好故事，我想把它拍成电影。"类似的话我听过，有人说要拍成纪录片，有人说要拍成电视剧，但都没有成型。

在此之前，我没有听过彭三源这个名字，特意在网上查了后，才知道她本来是一位编剧，和知名演员张国立、陈建斌、孙红雷、陈小艺等合作过。这么多年我很少看电视，更没进电影院看过电影，但这些大明星的名字还是听说过的。看到彭三源和这么多知名演员合作过，我就知道这个人不是骗子。

那是 2013 年临近春节的时候，彭三源来我家拜访，想和我仔细聊聊，为撰写剧本的细节做准备。和其他采访者不同，彭导特别在意细节，特意找到我当年寻子时穿的夹克、休闲裤和破球鞋，还看了那个写满寻亲细节、被拐孩子特征和欠款明细的本子，以及破损不堪的寻亲地图，这些都被她融入电影剧本的创作里。

那时候我家还没有拆迁，一家人挤在老房子里。房子很破，窗户玻璃都是带着裂纹的。彭导看到我家的样子，特别不忍心，想给我留下一笔钱，说是创作剧本的辛苦费。

之前很多媒体采访我的时候，也提出要给我辛苦费，比如《鲁豫有约》的主持人鲁豫姐，第一次接触时（2009年）就要塞给我一个信封。我知道里面是钱，但坚决不要。人家那么好的节目，那么大咖的主持人，来采访我，帮我扩散寻找郭振的消息，已经是帮我很大的忙了。如果要了费用，我这份初心就变质了。有一就有二，有二就有三，就会滋生贪念。我不愿意那样，干脆从开头就掐断这种可能性。

我对彭导也如是说，我不求这部电影能给我带来多少经济利益，只希望能有更多人看到这部电影，知道我在寻找郭振，能给我提供线索；也希望千万个像我一样没有放弃的寻亲家长，还有千万个等待回家的被拐孩子，能早日团圆。

彭导听完后特别感动，承诺一定要好好拍这部电影，找有影响力的知名演员来出演，让更多人知道、看到。

短暂交集后，我们回归各自的轨道，奔忙各自的人生。直到有一天，彭导给我打来电话。接通后，她激动的声音立马传出："老郭，你知道谁来演你吗？是刘德华！刘德华决定出演电影里的你了！"

刘德华？那位响当当的天王巨星？我第一反应是——根本没反应过来。

随之是两个疑问：

电影真的要拍了？还真给彭导搞成了！

那个天王巨星刘德华，愿意来演老农民郭刚堂？怎么可能？

但彭导再三确认，就是刘德华，不光是刘德华，还有梁家辉、吴君如、井柏然等明星都签约了，确定出演。这个演出阵容已经超出了彭导的预料，更超出了我的预料。

后来，彭导才告诉我，她当初敲定剧本后，没敢想刘德华愿意出演这个角色，只是抱着试一试的心态把剧本交给刘德华身边的工作人员（当时电影的投资方也没想到刘德华会愿意，还拟了一份备用的演员名单）。但没过多久，刘德华的助理就给彭导打电话，表示愿意出演。彭导特别兴奋，但由于成本有限，又担心片酬达不到刘德华的标准，没想到的是，刘德华直接零片酬出演，还说自己很看重这个剧本，请导演把角色交给他演。

几个月后，彭导给我发来一张照片，是刘德华的定妆照，她问我像不像。在此之前，我见到的刘德华的照片都是特别光鲜亮丽的、帅气迷人的，没想到照片里赫然是一个满脸沧桑、留着胡子的老男人，这是刘德华？！

我简直不敢相信自己的眼睛。仅仅是通过这张照片，我就看到了彭导带领整个剧组，包括刘德华先生的用心，他们特意找到类似的夹克衫、休闲裤和破球鞋，让一个寻找孩子十余年的老父亲形象一下就立住了。

说实话，那件夹克跟了我很多年，一是因为耐磨，二是因为耐脏，三是因为能融入当地环境。在外面风餐露宿的，土黄色的衣服是最耐脏的，沾了油渍、污渍不太明显，而且那件夹克类似牛津布和牛仔的结合，就算是被剐了蹭了，也不会留下太明显的痕迹。更重要的一点是，在农村这种穿着太常见了，不会引起当地人的注意。

彭导还提出，电影中刘德华摩托车上的寻子旗就用郭振的照片，这样能让更多人看到他的照片，也有利于孩子反过来找我。我一听，那太棒了！彭导一直想帮我，但她知道我只想找到郭振，并不想要钱，她一直记在心里，才想以这种方式帮我。

好一段时间，我都又激动又感动，但再三考虑之后，我还是决定婉拒彭导的好意。我不仅要找孩子，更要保护孩子，电影上映之后万一因为巨大的曝光而给郭振带去烦扰，我不希望那样。哪怕老天爷会因为我错失这个良机而多考验我几年，我也不敢在孩子身上有任何冒险。

在此之后，整个剧组就开始紧张地拍摄，偶尔我会接到彭导的电话，有时是跟我说一下拍摄进度，有时是为了确认一些细节中的细节。直到整部电影拍摄完毕，彭导再一次来到我家，告诉我电影拍完了，叫《失孤》，等上映时给我留位置。

那时候，谁都不知道这部电影能有多大的影响，也不知道能对我寻找孩子起到多大作用，大家都只是凭着本心去做。

在拍《失孤》的过程中，彭导详细了解了我的经历，仿佛走了一遍我十几年的寻子路，我们在心理上不由得更近了。她像一个姐姐，语重心长地跟我说："老郭，为了拍摄这部电影，我认识了很多和你有一样遭遇的人。你的状态很不好，长时间紧绷神经，我真怕有一天你的这根弦崩了……"

我叹了口气，说："能怎么办呢？熬呗。"

彭导说："在我们聊天的过程中，每说三句话你就叹一口气，估计你平时和别人说话也是这样吧。情绪是会传递的，家人也会被你影响的。"

她是第一个观察到我的精神状态并这么开导我的人，我不由得心里一酸。

她告诉我，每天早上起床后，对着镜子笑一笑，在心里告诉自己又是新的一天；不管上午发生了什么，中午也笑一笑，给自己加油打气；晚上临睡前再对着镜子笑一笑，告诉自己，又坚持住了一天。

"你试试看，就不会这么累了，也能让身边的人放松点。"

后来我才知道，彭导是心理学专业的高才生，她早就看出我内心消极，又不好劝说，只好告诉我这种"心理暗示"的小技巧，希望能帮我摆脱不好的情绪。

她的话给了我一个警示：我的情绪影响了身边的人，在不知不觉中给他们造成了压力。

我的身边人是谁？是和我携手并肩的妻子，是带着烙印出生的郭伟，是年幼的郭泽，还有我年迈的父母，和一直接济我的兄弟姐妹。我无意识地唉声叹气，会让他们觉得压抑和苦闷。我必须改正，不能让自己和家人被这份压力压垮。

彭导不仅成功拍出了电影《失孤》，还把我从坏情绪中拉出来，直到今天我还在践行她说的"每日三笑"，也分享给了很多寻亲家长。生活已经给了我们苦难，就没资格再让我们苦着脸、苦着心，苦着过每一天。我们要笑，能笑出来，好日子就不远了。

一部电影，还原我的悲凉与辛劳

2015 年 3 月，彭导给我打电话，说电影确定了上映日期，邀请我去参加首映礼。我当时正忙着盯一个线索，无法脱身前往。

《失孤》上映后，看着铺天盖地的信息几度冲上热搜："天王巨星"刘德华扮演农民，数千名群众无一人认出；"失孤"背后的坚持，揭秘电影原型……我心里涌上一种难以言说的感受，有一点兴奋，毕竟那么多人知道了我，但随之是更大的心酸。如果可以选择，我并不想以这种方式"出名"啊。

《失孤》快下映的时候，我自己买了一张电影票，走进了十多年都没有进过的电影院。看着天王巨星化身成我，演绎我十余年的寻子历程，我有一种跳到半空中旁观自己人生的错觉，既陌生又熟悉。陌生在于有艺术加工的手法，熟悉在于那贯穿了我人生十余载的悲凉与辛劳。

还没等刘德华开口，我的眼泪就哗哗地流了下来。怕影响其他观众，我从座位离开，坐到侧面通道的台阶上，不敢哭出声。看着电影中的一幕幕，听刘德华说出那句"十五年了，只有在路上，我才感觉我是个父亲"，这一路上的艰辛、煎熬、悲愤、窘迫、失望……五味杂陈，历历在目，我咬着手指不让自己哭出声，把脸埋进膝盖。电影散场时灯光亮起，我的手指肚已经被咬得变了形。

当年从云南去往四川方向时，我走在国道上（也是高速）。行进途中，有两个护林员被我的摩托车声吓到了。他俩回过头看我，我正好想问路，就势停在他们旁边。他们特别细致地给我指路，可能见我面黄肌瘦，其中一位问我吃饭了吗，我很坦诚地说没来得及吃。那位护林员就从兜里摸出两个蒸熟的土豆递给我，让我别嫌弃，还说他身上只有这个了。

我问清了路线，就骑上车继续往前走，当时确实饿了，就把土豆塞进了嘴里。就在这时，后面传来警车远远的喊话，让我靠边停下。我知道高速上不能骑摩托车，赶紧靠边停好，等待交警同志的处罚。然而，两位交警并没有为难我，而是

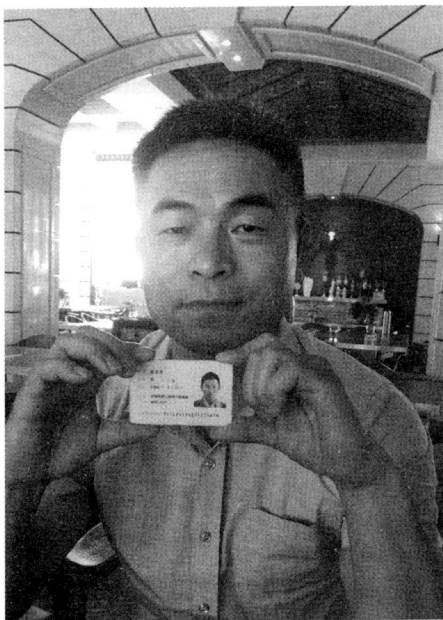

拿着雷泽宽的身份证，有一种遇见另一个
时空中的自己的感觉

告诉我前面是宜宾出口，让我从那里下去。为了我的安全着
想，两位交警同志还骑着警用摩托车，一前一后护送我。

我至今都记得那两位交警同志的名字，一位叫秦伟，一
位叫姚刚。在分别之际，秦队长非要给我两百元钱，让我找
个地方好好吃顿饭，别用土豆充饥。我哪能要人家的钱呢，

就百般推辞。最后，秦队长见我态度坚决，只好作罢，和我握了握手，嘱咐我注意安全。

我请他在我的本子上写一句鼓励的话，给我留作纪念。他写道："车行千里，不忘规矩。安全才是你的幸福。"

当看到电影中梁家辉扮演的交警护送走错路的雷泽宽找到正确的路，我想起了这段经历，不禁心潮起伏。

电影里，曾帅第一次遇到雷泽宽是在他发生侧滑之际救了他，并帮他修理摩托车。实际上，这种小事故我在路上不知道遇到过多少次，免费帮我修车的好心人也不胜枚举，补胎、打气、修理后视镜，一路上我承了太多好心人的情。

曾帅的故事是很多被拐儿童的缩影。帮助曾帅找到亲生父母，是电影里雷泽宽的主要故事线，也是我寻子路上发生过很多次的事。每次遇到那些确定被拐（或疑似被拐）的孩子，我就会把他们的特征发到网上和QQ群里，用这种方式帮助好几个孩子找到了家。竭力帮助别人，看到别人团圆，也是对我自己的救赎。

电影的末尾，曾帅终于回到了家，我的周围响起此起彼伏的抽泣声。但当故事结束了，雷泽宽还是没有找到儿子，满面沧桑的他虔诚地问苦行僧："大师，你能不能告诉我，儿子能找回来吗？他还活着吗？"大师说："多行善业，缘聚

《失孤》中曾帅的原型，摩托车爱好者阿峰一家

自能相见。"

周围的抽泣声变成了阵阵惋惜叹气声。有观众哭着说，为什么雷泽宽最后没找到孩子呢？他这么努力……

闻言，我一阵揪心，我无法和他们解释，因为现实中的"雷泽宽"还没有找到孩子，所以彭导特意安排了一个看似开放、实则是最符合现实的结尾。

走出电影院时，我早已经泪流满面。跟随刘德华的演绎，跟随彭导的镜头，重温了这十几年的光景。看着雷泽宽的坚持，想到了自己的辛苦；看着好心人的帮助，想到曾经感受的温暖；看着交警同志的护送，想起警察同志年复一年接待我、照顾我、安慰我……

我掏出手机，给彭导发去了一条消息，只有两个字——"感谢"。谢谢她拍出了这么一部好作品，谢谢她为了促成这部电影付出的艰辛和努力，谢谢她给了我一个更大的平台。自此之后，我不光是万里寻子的郭刚堂，更是电影《失孤》雷泽宽的原型。

然而，更大的惊喜还在后面。谁都没想到，一部电影竟然在无形中汇集了民间力量，进而推动了公益组织——"宝贝回家"。

郭伟记述

从上小学起，我家就经常光临一些媒体的人，他们扛着摄像机，采访我爸。我的记忆里有这样一幕：有一天来了两个一看就是城里人的人，他们没有扛摄像机，也没带其他设备，但是跟我爸聊了很久。后来我得知，那是彭三源导演，他们要把我家的故事拍成电影。

《失孤》上映时，我在上初中，最直观的感受就是我爸"红"了。但我对这种"红"不那么喜欢，别的名人可能是明星，是企业家，或是作家……但我爸只是一个寻亲家长，这个"名气"是建立在我家的悲痛之上的，这种广为人知总让我感到很别扭。

而且当时别人对我的介绍，一致发生了改

变：这是郭刚堂的儿子，刘德华演过他爸爸。

每次听别人这么介绍，我就会加一句：我叫郭新伟。那个年龄的我自尊心正强，对于我的名字前被冠以郭刚堂，我爸的名字前被冠以刘德华，总是很抵触。

好在老天没理我那时小孩子的别扭心思，《失孤》火了，让更多人关注到了寻亲家长这个群体，打拐成了社会性话题，更多力量和技术投入进来，让更多家庭实现了团圆。虽然我哥哥当时还没找到，我们却在这种向上的氛围中感受到了莫大的希望。

来我家采访的媒体记者更多了，最直接的变化就是我们家可乐消耗特别大。我每次说起这个因果关系，都会换来一串笑声，其实不止可乐，生姜消耗也很大。因为那时是秋冬季节，我们北方天气很冷，记者们大老远过来，我妈就让我去买那种大桶可乐，五升一桶的，一买至少两桶。

我爸接受采访，和记者朋友攀谈，我妈就在厨房里忙活，用大锅把可乐煮上，再切点姜片放进去，烧开之后香甜四溢，给每人盛上热乎乎的一碗，一口下去浑身都暖和了。

那时我家的经济条件并不好，但采访结束后，我爸都会带大家去饭店吃饭。山东人好客，招待客人一定要拿出最好的，自己在家炒俩菜肯定是不行的。

我爸说得最多的就是：他们都是来帮咱们找孩子的。

我的十五个孩子

　　有人问，孩子被拐走是什么体验？只有当过父母的人才能稍微想象，那是一种心被挖走的感觉，胸口永远空了一大块，伤口不断流血，无法正常吃饭睡觉，时刻反刍孩子的音容笑貌，被无尽的悔恨、思念淹没。胸口是空的，脖子却是被掐紧的。当时间渐长，孩子找回无望，每天想得最多的就是——不如一死。

　　这种伤害不啻杀人害命，甚至更残忍，因为绵延无期，不给了断。

　　遭遇和丢失孩子的父母相似，甚至更让人痛心的，是一些无人照看、无家可归的孩子。没有了父母的庇护，这个世界对孩子来说充满了危险和恐惧，他们幼小的心灵就会被种下"害怕"的种子，永远惶惶不安，始终担惊受怕，可能一生都无法抚平内心的惊惧不安。

寻亲路上，我见过太多这种孩子，他们大多是被遗弃的，从小流离失所，跌跌撞撞，好不容易长到十五六岁或十七八岁。本该是在学校学习的年纪，却早早地步入社会。他们做不了什么像样的工作，进不了工厂，就在城乡接合部的小作坊里做散工，赚点微薄的薪水。

于是，寻子路的二十多年里，在找到儿子郭振前，我找到了十五个喊我"爸爸"的孩子。

有几个孩子在我骑摩托车经过时，看见了我摩托车后的寻子旗。几乎没感受过家庭温暖的他们，觉得像我这样的爸爸很了不起，便主动过来和我搭话。看着他们稚嫩的面容搭配脏污的衣服，我从心底生出一股心疼。细聊之下才知晓，他们中有人父母早逝，吃着百家饭长大，不得不早早进入社会闯荡；有人父母离异后都再婚，自己成了没人要的累赘；有人是留守儿童，初中没上完就辍学了……都还只是十几岁的孩子，却因为各种各样的缘故，在社会上摸爬滚打，受尽白眼。

虽是萍水相逢，但缘分就是这么奇妙，我们生出了父子之情，我对他们难以割舍。他们最需要的不是给几百块钱，而是学一门手艺，有人往正路上拉上一把。我常年山南海北地奔走，和很多工厂、工程队有些关系，就把这几个孩子介绍了过去。

去之前，看着他们因为我的关系而改变了原本的生活轨迹，那一刻，我有了强烈的父亲般的责任，于是叮嘱他们，想学手艺就得刻苦，吃得了苦才能有好生活。孩子们都很争气，虽然没什么学历，但学习很快，也都能够自食其力了。

还有一个孩子，一直在城市里流浪，那时候我在骑行路上为了省钱，就露宿在立交桥下，这个男孩就是在那里"混"的。他看到我为了找孩子，折腾得跟个流浪汉似的，觉得有几分亲近，就把我拉到他的地盘（一个铺好的铺盖卷），要和我分享。

那天晚上，我问他为什么不回家，为什么不去上学。

他满脸不在乎地说，他爸在广州打工，没了音信，他妈也走了。他刚开始是跟着别人来这座城市进厂打工的，但那个厂子什么保障都没有，还压工资，他想走，但身份证被黑中介扣住了。后来，因为和组长发生争执，他实在待不下去了，就从工厂里逃了出来。没有身份证，就没有办法再找工作，只好在城市里流浪，每天捡点废品养活自己……

我问他老家是哪里的，家里还有什么人。他摇了摇头，说老家除了几间冬天漏风、夏天漏雨的破房子，什么都没有了。爷爷奶奶也过世了，妈妈也不知道去哪里了。原本来这里打工是想看看能不能找到父亲，结果父亲没找着，自己还成了拾荒者。

看着他小小年纪就经受苦难，又那么顽强生活，我不由得心酸又心疼，想起我的郭振，会不会也过着没人疼爱的生活？会不会也吃不饱穿不暖？我想帮一帮这个孩子。于是我问他怕不怕累，能不能去工地里卖力气。他说反正都是干活，干什么都行。

接下来，我和他一起去中介所把身份证讨了回来，然后带他去了我一个曾一起跑运输、干工程的朋友的家，让他在那里一边当学徒，一边干活。

后来，我特意去朋友家，问那孩子表现怎么样。朋友说，小伙子很卖力气，不怕吃苦。那孩子看到我后，特别激动，拉着我的手不放，说在他离开家之后，我是第一个为了他的前途着想的人，就像是他的爸爸一样。自此之后，他就喊我"郭爸爸"。

还有几个孩子，不仅喊我"爸爸"，还被我带回了家。他们都是无依无靠的流浪儿。其中有一个叫小明的孩子，在网上看到我千里寻子的新闻，就给我发消息，说他们几个应该是被拐卖后买家不要的小孩，问我能不能帮他们找到家。

我一听是被拐的孩子，二话不说，骑上车就去找他们了。

见到他们后，我眼泪都要流出来了，几个孩子真的太可怜了，都瘦得皮包骨头，也没有像样的住房，不是在东边破庙里睡一宿，就是在西边河道洞子里躲一宿。当时已经快过年了，孩子们衣衫单薄，冻得发抖。

我知道给孩子找家不是一时半会儿能解决的事情，就给他们买了车票，把他们带回了家。那是在电影《失孤》播出之后，当时我家也经历了拆迁，搬进了楼房，经济条件有了一点改善，虽然不算富足，但有这几个孩子落脚过年的地方。

文革见我领回来好几个孩子，听说这些孩子是被拐后又被抛弃的，她心疼坏了，马上给他们做好吃的，又找出我年轻时候的旧衣服给孩子们换上。孩子们露出了久违的笑脸，在小明的带领下，管文革叫"张妈妈"，管我叫"郭爸爸"。

为了让孩子们过个好年，文革特意到集市上买了很多小孩喜欢吃的零嘴、干果和点心，知道这些孩子饥一顿饱一顿，就顿顿变着花样给他们做饭。到了除夕那一天，我们准备了一顿丰盛的年夜饭，文革还给他们每个人准备了一个红包。几个孩子哭成一团。小明说，这是他人生中收到的第一个红包。听他这么说，文革也红了眼眶。

过完年，按理说，我应该帮他们找家人了。小明却哭着跟我说，郭爸爸，你别送走我们，我们舍不得你，你就是我们心里最理想的爸爸……

经过那阵子的相处，其实我也很舍不得他们，但如果留他们在身边，我根本无力抚养他们啊。吃穿住还是小事，还要上学和谋生呢。但看着他们哭得那么难过，我是真的舍不得，于是心想，算了，我先帮他们安顿好吧。我是这样打算的：他们中有学习意愿的，我就安排他们先去学习；不想学习的，我就送他们去工程队里打工。

于是，我在附近找了一处房子，想拾掇一下给几个孩子当宿舍。没想到的是，对方不肯出租，只肯出售。我和对方商谈了许久，最后东拼西凑了点钱，加上银行贷款（三十九万），把那里买了下来。简单装修了一下后，那儿就成了他们的暂住地。

后来，孩子们都被我送去学习技术，有的就在工程队里干活，有的则学了厨师、学了电工。至少都能自己养活自己了。

村里很多人说我傻，竟然花那么多钱给别人的孩子安家。但我知道我做这些是对的，是值得的。几个孩子都有了生存的本领，以后会陆续成家，会有他们的生活，他们喊我"爸爸"，我就要对得起他们的信任，尽我所能地让他们走上人生正路，走稳一点。

或许，在某个角落，郭振的养父母也能像我这样善待孩子。

后来，那几个孩子中，有几个陆续找到了自己的家，也有孩子就在那个宿舍里成家立业了。留在这里的孩子都很争气，经常来看望我和文革，隔着老远就大声地喊"郭爸爸""张妈妈"。

小明是我最放不下心的孩子，他后来找到家了，却发现亲生父母都不在了，在他丢失后不久就发生了意外。小明没回老家生活，而是选择在聊城打工，离我不远。

有一次，我们爷俩喝酒，他喝多了，红着眼睛对我说："郭爸爸，在我心里你就是我爸，我对亲生父亲没有印象，是你给了我一个家。你放心，不管郭振找到没有，我都给你养老……"

警力有限，民力无穷

从郭振被拐那天晚上报警开始，我就和公安部门打起了交道，这二十多年来，我目睹了各地警察同志们的辛劳付出和打拐力度，这无疑给寻亲家长们带来了更大的信心和死磕人贩子的底气。

我所经历的打拐历程，大致可以分为这几个阶段：

第一，公安部 2007 年成立专门打击拐卖妇女、儿童犯罪的打拐办，陈士渠主任开始了他十几年夜以继日的线上线下的工作。

陈士渠主任曾说，警力有限，民力无穷。万千网友的关注，让他们有了更多的信息，并在第一时间将其转交给相关部门。

　　而电影《失孤》大获成功，无疑在提升打拐的社会关注度上功不可没。在电影上映前后，刘德华也多次在接受采访的时候表示，愿天下无拐，希望更多人能投身到这项公益事业中。

　　在电影和明星的影响下，QQ群、微信群、社交平台上，很多网友都表示，应该把民间力量组织起来，而不是任由其像一盘散沙一样，孩子在被拐卖后的黄金期，如果能发动更多力量寻找，会避免更多悲剧的发生。

　　早在2007年，我们就有类似的组织，比如张宝艳、秦艳友夫妇建立的"宝贝回家"寻亲网站。在2008年，我就找到了这个组织，知道他们能免费刊登寻子信息，免费帮我寻找线索。当时我特别激动，但心想他们能提供帮助已经很难得了，竟然还是免费的，就有点不敢置信，于是通过网站上的联系方式给张宝艳打去电话。张宝艳说听过我的故事，还说很愿意帮助我，但那时候的我比较谨慎，怕上当受骗，并没有马上在"宝贝回家"网站刊登信息。

　　后来，我在参加一些电视台节目和公益活动时，和张宝艳夫妻见了几面，了解到他们的故事，并为他们的大爱所折服，在2009年，我成为一名"宝贝回家"的志愿者。

　　张宝艳是银行系统的工作人员，她的丈夫秦艳友是学习计算机的技术员，为了帮助那些被拐卖、被遗弃的孩子找到回家的路，他们自费创建了"宝贝回家"寻亲网站。说起来容易，真的做起来才知道有多难。有一些丢了孩子的父母在长时间没消息的失望中，骂他们是骗子；有一些被拐孩子的养父母知道他们来是带走孩子的，甚至拿扫帚赶他们走……

但他们始终坚定信念，在短短几年里，就聚集了上万名志愿者，分布在祖国的大江南北，大家根据自己获得的线索发到网上，供所有人浏览。这也就是在电影《失孤》里多次表现出来的网站平台。

《失孤》的热播，让很多人关注到"失孤"的群体，一时之间，很多人向我们伸出援手，甚至娃哈哈公司也联系到我，愿意帮助我们做一些公益活动。

我把这个消息告诉张宝艳、秦艳友夫妇，还有寻亲队伍里比较有主意的孙海洋等人，请他们给出点意见。娃哈哈公司也派出专业的策划、营销人员和我们共同探讨方案。当时，我们的想法很简单，就是要大规模地传播被拐儿童的基本信息，让更多的人关注这件事情。娃哈哈那边提议，把被拐儿童的大头照印在矿泉水瓶子的标签上。矿泉水作为价格低廉、受众面广的日常必需品，一两元钱一瓶，顾客买的时候看一眼，即便记不住这些孩子的脸，也能关注到"宝贝回家"这个公益活动，如果感兴趣就能登录网站或其他平台去了解。这也算是一种引流方式吧。

　　我们一听，觉得这方法可行！孩子的照片网站上有很多，可以直接授权给矿泉水企业去做。而且孩子的大头照是最可爱的，那一双双水汪汪的大眼睛，能传递出很多情绪。后来，娃哈哈公司定期投放了很多带有"宝贝回家"公益组织标签的产品，获得了巨大的反响。

　　再后来，很多企业纷纷跟进，有的是在日常用品上印上标签，有的是印在快递袋子上，大部分的思路都是类似的，也都取得过一定的反响。

　　但时间长了，这种标签的刺激性逐渐降低，弊端也逐渐显现出来。很多家长只有孩子被拐之前的照片，大部分都是精修过的满月照、周年照，但孩子长大后容貌会变化，和郭振的情况一样，就连我这个亲生父亲都不一定能认出来，更何况是那些陌生人呢？

　　那时候，国内的刑侦技术日趋完善，DNA 技术也得到了普遍应用。2019 年，公安部门建立了"打击拐卖儿童 DNA 数据库"，这成为打拐历程上的里程碑事件，也是我所经历的第二个大节点。

　　后来正是通过这个数据库，我才最终找到了儿子郭振。孙海洋也是如此，在 DNA 数据库的加持下，找到了孙卓。

　　除此之外，大量的志愿者也纷纷加入我们的队伍，尤其

2018 年，由广州格茨啄木鸟公司赞助的广告车，
进行全国防拐寻亲宣传

是很多年轻人，他们脑子灵活，接受新鲜事物更快，更懂得如何利用网络。再加上一些企业慷慨投资公益事业，很多以"打拐"为主题的线下公益活动在各个社区、县城、农村等地开展起来，打拐、拐卖的社会话题越来越被大众熟知。

而我也在 2012 年创办了天涯寻亲网，在 2014 年创建了天涯寻亲协会，先后帮助一千五百多个家庭找到了自己的亲人。当然，我也得到了社会各界的帮助，郭振的信息甚至被印了在天猫的快递盒子上。

然而，我的郭振依然没有找到。

渐渐地，电影《失孤》的热度降下来了，大众的目光更新鲜、更有趣的事情所吸引。我很担忧，生怕这股"打拐热潮"就这样降下去。

那时候，抖音短视频悄然火爆起来。有一天，我刷抖音时无意间进到一个直播间，主播正是"拉面哥"，观看人数竟然有几十万。他坚持每碗拉面卖三元，数十年如一日。我想，他在山东临沂，我在山东聊城，骑车过去也才几个小时，既然他定期直播，每场直播能有几十万人观看，我能不能借他的人气宣传"打拐"这个事情呢？

说干就干，我当即骑着摩托车赶到山东临沂，找到"拉面哥"的摊位。我不知道拉面哥的家在哪里，只能在摊位处等他。当天下午，拉面哥又来摆摊开直播了，我原本想先和他打声招呼，奈何他特别忙，我就站在摊位后面，把寻找孩子的旗子扬起来，希望能够收到直播画面中。第一天，因为我没有经验，拉面哥也不知道我是什么用意，效果不太好。

当天的直播结束后，我走到拉面哥跟前，特别诚恳地请求他："大哥，我是网上那个万里寻子的郭刚堂，电影《失孤》看过吗？我就是那部电影的原型。我骑行将近二十年，但孩子还是没找到。看您这边直播的热度高，能不能让我借借您的光，帮我做做宣传。"

拉面哥也是个敞亮人，非要给我做碗面，让我边吃边说。那天晚上，我们俩就在拉面摊位上边吃面边沟通怎么做宣传。

第二天直播的时候，拉面哥直接把我摩托车上的旗子插在直播拉面的镜头前，他一边做拉面一边对着镜头说，网友们，看到没，这是我老乡，他的小孩已经丢了将近二十年了，大家都给看一看，人多力量大！过了一会儿，他又重复一遍说，电影《失孤》看过没？电影的原型人物郭刚堂就站在我身边呢，苦了这位老弟了，将近二十年骑着摩托车找孩子啊……

借着拉面哥的光，我又维持了一段时间的热度，也让我和拉面哥结下了深厚的友谊。虽然蹭他直播的时间不算太长，但给我打开了一扇新的大门——直播。不管是寻找孩子、宣传公益，还是后来开展助农活动，我都没少借助直播的力量。

当然，那是后话了。

　　那段时间，我总感觉郭振马上就要找到了，仿佛就隔着一层窗户纸，马上就能捅破了。还是那句话，公安部门的打拐力度给了我巨大的信心，这也是我经历的打拐历程的第三阶段。

　　2021年1月，全国公安机关开展"团圆行动"，这是一项依托"打拐DNA系统"侦破拐卖案、查找被拐儿童案的行动。当年9月27日起，公安部门对拐卖儿童案件实行"一长三包责任制"，由县级以上公安机关负责人担任专案组组长，负责侦查破案、解救被拐卖儿童、安抚受害人亲属等工作。这一制度的推行，让"打拐"不再是口号。

　　"团圆行动"开展以来，到2021年11月30日，就找回失踪被拐儿童8307名，到2022年6月1日，累计找回失踪被拐儿童11198名。这一行动解救了众多妇女儿童，让一万多个家庭团圆。我的郭振，就是在这次"团圆行动"中找到的。

我的儿终于找到了

　　我曾经无数次幻想过如果找到郭振了，我该是什么反应，是抱住文革放声痛哭，还是拉着全家人又哭又笑？我也曾无数次幻想过再次见到郭振的那一刻，我会是什么反应，是抱住他不再放手，还是急切地拉着他回家……

　　二十四年来，一代又一代刑侦民警坚持查找，从未放弃，终于在 2021 年 6 月找到了郭振，并抓获了当年作案的两名人贩子。

　　6 月中旬，我接到一个熟人的普通电话，却让我感受到了不一样的曙光，那是来自我们当地公安局的孟庆田主任的电话。这么多年来，当地公安局的很多警察同志都了解我的情况，也对我照顾有加，我对他们心怀感恩。电话里，孟主任不着痕迹却语气轻松地问我："郭大哥，这些年你发现了多少个疑似郭振的孩子？你帮多少孩子找到了自己的亲人？"

我一听，马上福至心灵，反问道："我孩子在哪里？"我和孟主任相识很多年，也和很多公安局的同志打过交道，特别熟悉他们那套流程。孟主任这么问，就说明找到"疑似"郭振的人了。而且在 DNA 数据库的加持下，出错率非常非常小。

突然之间，我心跳如擂，升起一股强烈的预感——郭振找到了。

孟主任安抚我不要着急，他们还在尽全力核查。

我赶紧说："主任您放心，我的嘴比谁都严，我不会告诉任何人，包括你嫂子我都不告诉。"

但他依然不能给我肯定回答。我明白，案件还处在封锁阶段，不能向外界透露任何消息，我不能让他为难，于是结束了通话。但我心里如着了火一般，怎么可能坐得住？当下决定，第二天去公安局当面问问。

第二天一早，我就到了聊城开发区刑警支队，既然孟主任不方便说，我就不能给人添乱，我想找孙队长聊几句，看能不能侧面了解一下情况。结果我扑了个空，孙队长不在，干警们也都不在，我更加确定了，郭振百分之百找到了。

那一刻，我没有哭，仿佛在梦里，又清晰地知道自己没有做梦，我感觉自己从里到外都很"空"，脑子里空白一片，肚子里空空的，好像很饿，不得不吸着肚子搂着胳膊，连脚步都是空虚的，我就这样回了家。

我还不能把好消息告诉文革，我必须等孙队长出警回来，亲口告诉我才行。但我心里深深知道，我的郭振找到了！

"独享"这个巨大的喜讯，我心潮起伏。有一次家里没人，我坐在沙发上，回想起郭振走失后我骑着摩托车走过的那些路，遇到的那些人，这些年愧对的妻子和家庭，忍不住泪如雨下。二十四年哪！人这辈子能有几个二十四年？我的孩子已经长大，我和妻子已经两鬓斑白，我们失去了太多，承受了太多，这一路的委屈、心酸、艰难，终于结束了……我就这样哭了一整天，直到傍晚听到钥匙扭动门锁的声音，才恍然回过神来，赶紧去洗了把脸。

三四天后，6月20日，这一天是父亲节，孙队长回来了，我赶紧到了刑警队。看到我之后，他笑起来。我们已经很熟了，之前他从未对我流露那样的表情，我更加确信了自己的判断，于是说："兄弟，辛苦了，你看大家什么时候有时间，郭振找到了，咱们庆祝一下。"

他故作严肃："谁跟你说郭振找到了？"

我说："那你们干什么去了？"

"办案子去了，别的案子。"

嘴上这么说，眼里藏不住的笑意却出卖了他，这么多年，他和干警们真是打心眼里帮我，寻找郭振已经不只是一个案子，更是他们心里的大事。

他正色道："哥，本来我第一时间就想告诉你，但案件还不能透露，现在 DNA 鉴定结果出来了，郭振确实找到了。"

随后，他打开电脑，让我看照片。于是，时隔二十四年，我再次见到了我的小六。那是一张生活照，他已经长成二十多岁的大小伙子。

我一寸寸地看，想从中看到一点郭振小时候的影子。我越想看清，越忍不住眨眼，手也抖了，嗓子也哽咽了。

我一个字也说不出来，那一刻，身体比大脑更诚实，眼泪比语言反应更快。忽然发现衬衫被一滴滴水打湿了，我才慢半拍地意识到，自己已经泪流满面。

孙队长赶紧给我接了一杯水，还贴心地兑了一半凉水一半热水，把一杯温水放在我面前，红着眼说："哥，你想哭就哭出来吧。"

我摇摇头，起身告辞："我没事，我就先回去了。"

我要马上把这个好消息告诉文革，赶到家后，文革正躺在沙发上睡觉，我想马上告诉她，又担心吓着她，一时间不知道怎么开口。我拉了一个小凳子坐在她旁边，轻声说："跟你说个事儿，看你信不信？"

"啥事？"

"咱小孩找到了。"我小心翼翼地说。

她迷迷糊糊地重复了一句："咱小孩找到了。"

半分钟后，她噌地一下坐起来："咱小孩找到了？他在哪里？"

"在河南。"

她"哇"的一声哭起来，哭几声又大笑起来，接着又哭起来，就这样又哭又笑，嘴里不停念叨：

"俺小孩找到了！"

"可找到了！"

"可找到了！"

……

我吓坏了，巨大的情绪冲击下，人的精神很可能承受不住。这些年她受了太多委屈，她经历了二十四年的剜心之痛，并一直在深深的悔恨自责中极力撑起一个家。都说女子本弱，为母则强，我家文革是强上加强，也因此这些年过得苦上加苦。她心中那根紧绷的弦，极有可能在巨大的喜讯冲击下突然断裂。

我的眼泪也下来了，不断告诉她没事了，没事了，她就这样又哭又笑了将近一小时，才慢慢平复下来。

松了一口气后，我笑她，别孩子找到了你人变傻了。她说她做不了主，哭和笑她自己都控制不住。

我给她看了郭振的照片，以前只要有哪个疑似郭振的孩子的照片，我都会拿给她看，问她像不像郭振，她总会端详半天，这次她一看照片，刚止住的眼泪又下来了："这一看就是我儿。"

她觉得和小郭振一百天的照片没区别。

紧接着，我们就把这个天大的好消息告诉了亲朋好友。郭伟已经上研究生了，我特意把他叫了回来，告诉他大哥找到了。他反复看着照片，还放在自己的脸旁边，问："我们俩像吗？"

全家人异口同声地说："像！"

等了二十四年的一声"爸妈"

既然找到了，什么时候能见面？我们希望是下一秒！

但是暂时还不能，这个案子还没有结案，还涉及其他一些待解救的孩子，我不能太自私，一定要符合程序，在公安人员的安排下跟孩子见面。而且得知郭振在河南，是一名老师，生活得不错，我和文革已经非常满足了。

但父母之心就是这样，对孩子的思念在心里不停疯长，我多想偷偷跑过去，远远地看孩子一眼，只看一眼就走，我拼命压着这个念头，克制自己。但双腿有自己的想法，它们自己跨上摩托车，带着我前往郭振的所在地。

我心里有两个小人，一个大喊着快停下来，不能去。

另一个苦苦乞求："看一眼，只看一眼，肯定不让他知道。"

到了河南，到了郭振所在的林州市，这是我第二次来了。早在十几年前我就来寻找过郭振，但是当时无缘相见。再次看见当地的店铺招牌，我心里一个激灵，理智回笼，一把捏住车闸，停了下来。不能去！我不能太自私，二十四年都等了，这几天都等不了吗？

于是，我掉转车头回家。

2021 年 7 月 11 日，在公安部门的安排下，我、文革和郭振终于见面了。这场阔别二十四年的见面，在媒体镜头和所有亲朋好友的见证下，终于到来了。我激动地在《今日头条》发了条动态："今天对于我来说很重要。"

在那天之前，我特意去理发店理了发，又和文革去商场买了一身衣服，想以最崭新整洁的形象去见郭振。文革提议，给郭振包个红包，装一万块钱，这么多年没养过孩子，也没给过压岁钱，这次就当补偿一下他。

父母的心，面对孩子时，总会低到尘埃里。在聊到郭振的养父母时，我们也没有了恨意，觉得可以当成一门亲戚去走动。文革担心孩子会怨恨她没把自己的孩子看好，我一再宽慰她。文革高兴得闲不住，把家里收拾了一番，还把郭振的房间收拾好，做好了他回来住的准备。

那几天真是高兴啊，不论哭还是笑，欢喜都从心里透出来。

在现场，警察同志重点介绍了我二十四年骑着摩托车跨越几十万公里寻子的故事，也简要说明了破获这起拐卖案件的相关进展。之后，我和文革走上台，紧接着，一个微胖的、戴着眼镜的小伙子也走上台。那就是郭振！

看到他，我和文革再也控制不住情绪，失声痛哭，文革更是激动地一把拉过郭振，拥在怀里。搂着高出她一头的儿子，哭号着："宝贝啊，我的宝贝啊……"

二十四年的寻子经历，仿佛一张张画片在我的脑海里划过。无数个日夜兼程，无数次痛哭绝望，无数次捶胸顿足，无数次失望之后重新振作，我的儿子终于找到了！那一刻，我只有一个想法。

这是我的儿子啊！这是我的儿子啊！

郭振丢失的时候只有两岁多，他的照片挂在我的摩托车后，陪着我走了二十四年。那时的他小小的，歪着头看着我，可眼前的这个大小伙子比我还高，眼神里却充满了局促和紧张。就在那一刻，我实在忍不住，号啕大哭起来。扑在儿子肩头，我捂着脸，却无论如何也捂不住眼泪。

面对我们这两个失声痛哭的"亲人"，郭振虽然有些局促，却轻拍我们的后背，唤了一声"爸妈"。为了这一声，我们等了二十四年，苦苦寻觅、煎熬了二十四年，我们终于可以以亲生父母的身份，抱住我们的大儿子，抱住我们的小六。这一刻，我觉得所有的辛苦和煎熬、所有的奔波和寻觅，都有了价值。

我见过很多场认亲仪式，也渴望过无数次，在梦里模拟过很多次，我以为我能控制得住，不让孩子看到父母的脆弱，但是真的不行，骨肉团聚的那一刻，是收不住的。

后来有人说，郭振没有哭，对亲生父母很陌生，显得彷徨无措，但我心里很清楚，这才是正常反应。我见过太多失散的父母和孩子，被拐时间比较短的孩子还能记得家里的一些事情，会更容易和亲生父母亲近；像郭振这样，自幼被拐，二十几年都在买家生活，对亲生父母毫无印象，从心里是会抵触这种认亲活动的。

我从理智上理解孩子，但在感情上，我更加痛恨人贩子！

后来，郭振告诉我，他早就在网上看到我二十多年始终不放弃寻找儿子，特别敬佩，但从来没想过他会和我有什么关联。当警察同志告诉他，他的亲生父亲就是网上那个寻子二十四年的郭刚堂时，他能想到的第一句话就是："开什么玩笑？"

接到通知之后没过多久，就是认亲大会。他整个人都是蒙的。亲眼看着两个陌生的老人痛哭流涕，他不知道能做什么，也不知道能说什么。他理智上知道我们是至亲，但实在不知道怎样才能让我们不再哭泣。

同时，他心里也很恐惧。尽管警察同志多次到访，告诉他亲生父亲郭刚堂为了找孩子吃了多少苦，受了多少罪，但他更多考虑的确实，养父母养了他二十四年，他叫了他们二十四年的爸妈，又该用什么态度去面对他们呢？

这两种情绪在他心里极力拉扯着，让他看起来整个人都是呆愣的，不知所措的。

宣泄完情绪之后，我拉着文革退了下去，让郭振见见这边的亲戚们：年迈的爷爷奶奶，常年接济我们的伯伯、叔叔和姑姑们，郭振局促地各叫了他们一声。

就这样，在那么多人的见证下，我们如同被二十四年时光强行分岔的河流，终于重新汇聚在一起，我们一家"团聚"了。

只有亲生父母才会放手

当天，认亲会结束之后，我们准备了团圆饭，招待亲朋好友一起吃，感谢这么多年大家的帮助。饭桌上，大家欢声笑语，唯独郭振很是沉默。吃完饭后，郭振来到我们跟前，说："我想和你们二老谈一谈。"

该来的还是来了。

早在认亲之前，郭振特意写了一封信，委托公安部门转交给我，那是他跟我们开不了口的话。

尊敬的聊城市公安局的各位领导、各位民警：

你们好！非常感谢你们对我的帮助和寻找，最后得以让我和我的亲生父母见面。因为我在这边已经有了工作，而且也在这片土地上生活了二十多年，加上我养父母的年纪大，身体也不好，我再三考虑之下，还是决定继续在这里生活。山东聊城，作为我的出生地，我的亲生父母也在那边，我会利用自己的闲暇时间多去那边陪陪他们，毕竟他们在茫茫人海中苦苦寻找了我二十多年，这是常人所不能做到的。世上的任何子女都无法回馈这一份浓浓的恩情，我也只能尽我所能，多去陪陪他们。

…………

信中他还说，他一直在关注我的新闻，心里特别敬佩，觉得我是一位伟大的父亲。但后来警察告诉他，我竟然是他的亲生父亲，我苦苦寻找的儿子竟然是他，而养育他二十四年的父母竟然是"买家"，他根本接受不了。在那二十四年里，养父母待他非常好，尽管他们买孩子可能是出于"养儿防老"的老观念，但在这个过程里，养父母也是付出了真情实感。如果让他硬生生地割舍这二十四年的养育之情，就好比要把他这个人劈成两半……

在信的结尾，他说他很感激我二十四年都没放弃过，但我身边已经有了郭伟和郭泽，希望两个弟弟能够好好照顾我和文革。

那封信我反复看了几十遍，郭振的表达很清楚，我却有点无所适从，不知做何反应。当时即将认亲，我们全家都沉浸在喜悦的氛围中，我就没有告诉任何人这封信的事，而且心里还存着幻想，或许见到我们之后，感受到血浓于水的团圆之情，郭振会改变主意呢？

要不说母子连心呢，文革事先毫不知情，却在听到郭振这句话之后，马上预感到孩子想说什么，她面色一愣，不安地看看我，有点想逃避。

我惊讶于文革的敏锐，有点于心不忍，但我知道，逃避不能解决问题，于是用眼神示意文革别慌，然后冲郭振点了点头，让他放心说。

郭振再次表达他的态度：他的人生已经过去二十六七年了，其中二十四年都是在河南度过的，他熟悉了那里的一切，他的朋友、恋人都在那里，他的事业也在那里，这一切都是他没办法抛弃的。而且，养父母养育了他二十四年，现在的年纪大了，身体也不好，需要他照顾……

文革的眼泪已经下来了，盼星星盼月亮盼了二十四年的老母亲，心中的凄苦实在无法言说。但又能怎么样呢？

我强装镇定，问郭振："这是你自己的意思，还是你养父母的意思？"

郭振说是他自己的主意。

话已至此，我还能说什么呢？胸口仿佛被灌了混凝土，这么多年的痛苦、期盼、惦念，都被禁锢在里面。

我平复了一下心情，告诉他，当年你只有两岁，我要去开工，你缠着我说要吃糖，我说回来给你买。你就站在院子门口，一边等我一边玩。人贩子趁你妈去做饭的空当，把你拐走了。从那天起，你妈不知给多少人下跪磕头，磕得额头鲜血直流，只求人家帮忙找你……别人总问我为啥要骑着摩托车去找儿子，我说孩子小，只能被迫等待着，我得去把我儿子接回来……现在，我兑现了自己的诺言，接你回来了。你长大了，可以自己做决定，无论是走是留，我们都尊重你的选择。不管在哪里，以后想这里了，就回来看看。

那段时间，我反复想起一个寓言故事：两个女人争夺孩子，都说孩子是自己亲生的，法官让他们抢，说谁抢到就归谁。其中一个女人使劲拉扯孩子，孩子痛得大哭，另一个女人见状，流着泪放了手，法官宣判，后者是孩子的亲生母亲。

只有亲生父母才会放手！因为亲生父母不忍心让孩子痛。

一边是血浓于水的亲生父母，满心都是对孩子多年的思念和牵挂；一边是有着抚养恩情的养父母，回忆的一幕幕都是朝夕相处的细节。这种情况下，孩子在情感和伦理的拉锯中该如何选择，司法都难以介入，最痛苦煎熬的还是孩子。但是作为亲生父母，孩子的任何痛苦都令我们都心疼不已。

　　所以，对于郭振的选择，我们最大限度地尊重和理解。

　　首先，我找了他二十四年，就是希望看到他健康幸福地活着，如今看到他长得人高马大、阳光帅气，还上了大学当了一名老师，我本已破碎的心已经得到了最大安慰。儿子不是父母的私有财产，只要他能健康开心地生活，就是父母最大的幸福，至于在哪里生活，这并不重要，我们已经知足了。

　　其次，恰恰说明郭振是有情有义的。

　　可以想象，突然得知自己的身世，郭振会是多么地惊愕和纠结。他才是这场悲剧的受害者。

　　我猜想，郭振是想回到我们身边的，毕竟是骨肉亲情。

　　可他能一走了之吗？他从懵懂的两岁起，就到了那个陌生的地方，他并不知道自己身上发生了什么，可能有几天的不适应，后来他就和两个没有血缘关系的人休戚与共，从此喊他们：爸妈。

　　我们这些年的艰辛付出对郭振来说只是个概念，而养父母对他的抚育疼爱却是真切可感的。他摔了的时候，是他们扶他起来；他饿了的时候，是他们将饭菜端到他的面前。就算是一只小狗，被人捡回去喂饱它也会感恩，何况是人呢？

　　但从郭振写的那封信的字里行间，以及认亲时拍着我们的后背叫的那句"爸妈"，我能感受到，他跟我们很亲近，他渴望享受父母家人的亲情关爱。

可面对偏瘫的养父和重病的养母，他不可能一走了之，因为他不能让一直疼爱他的养父母承受打击。作为一个成年人，即便经历了不愿经历的事情，面对亲情、恩情也要有担当，有责任。我认为，郭振做到了。

然而，他选择留在养父母身边的消息曝光后，网上很多人骂他"无情"，很多新闻的评论里随处可见对郭振的指责。对此，我是非常想不通的，明明他才是第一受害者，他没有做错什么事，不应该平白承受这么多非议。

过去这么多年他有自己的生活轨迹，他又不是一个机器零件，直接从一个地方拿到另一个地方，照样可以正常运作。

我的朋友申军良是一个同样丢了孩子的父亲。2016年年底，他在寻子路上又一次无功而返后，到聊城见了我。在我家附近的饭店，两个失意的父亲互相鼓励，一顿水饺吃了快两个小时。

他是"梅姨案"中被拐孩子申聪的父亲，他曾独自离家寻找儿子十五年，被抢劫、被恐吓，甚至一度想自杀，终于在2020年3月找到孩子，他和妻子从济南出发，驱车近两千公里到达广州，将申聪接回了家。

然而，申聪看到他们的那一刻，表现得非常陌生、无助和恐惧。那一刻他意识到，找到孩子后亲生父母所要面临的挑战其实更大，如果处理不当，很可能对孩子造成二次伤害。

2020年3月，申聪找到的那天，我给申军良打了电话祝贺他，那时我非常羡慕他，真心替他高兴，如今郭振找到了，我也经历着他此前的"无奈和妥协"。他比普通网友更能理解我，还打电话安慰我："只要孩子舒服，不管他选哪一方，我们认了。"我深以为然，更由衷地为申聪选择回家生活而高兴。

有网友说我"二次失孤"，我知道大家是心疼我，但我更害怕舆论会让这份失而复得的亲情再次疏远，那才是真正的生离死别。我只是一个想保护孩子的父亲，我想关起门来和家人一起自舔伤口，逐渐修复这份骨肉亲情。

而且我知道，郭振如果选择跟我回家，同样会被人诟病，甚至会被冠上"无情无义的白眼狼"的帽子。

还是那句话，这场悲剧里，郭振才是受害者，我实在不想看到他再次受到伤害。

其实，每个人做事都不是做给别人看的，而是遵循自己的内心，尽自己的本分，做到问心无愧就好。在亲情和道义面前，郭振经过深思熟虑后，做出了自己的选择，我非常尊重并支持他。而历经二十四年时间洗礼，五十多万公里空间磨砺，我这个父亲也已经千锤百炼，从之前的抱怨命运不公，如今慢慢懂得了：放下心中的悲苦，才能做自己想做的事情。

所以，我理解儿子的选择，也愿意放手，因为我舍不得他为难，不想让他受到二次伤害。但放手并不是放弃，我希望像对一个长大后离家的孩子那样对待他，关切又不过分逼近，给彼此时间，慢慢弥合多年亲情的缺失。

和郭振相认后的第一个春节，本想着他能回家过年，可由于疫情他没能回来。隔着手机屏幕，他给我们拜了年，一家人开心地聊天，但我看到，他那边始终是一个人。我想他是和养父母一起过年的，但他不说，我就不会问，我们心照不宣地维持着氛围。

人得往前看，毕竟隔了二十四年，我和文革都没有参与郭振的全部成长过程，和他之间没有任何隔阂是一种奢望，相处需要时间，我们都在努力。

除了对郭振发自内心的尊重和理解之外，我还有一种情绪憋在心中，久久无法宣泄，那就是愤怒。曾有人问过我，回顾这半生，怨恨过吗？我摇了摇头，却迟迟无法说出"不"字，因为我无法说谎。

一直以来，无论哪家媒体采访我，我都会表达对人贩子的痛恨。

从警察同志那里了解到，"小霞"名叫唐立霞，是一个拐卖儿童的惯犯。在这次被抓捕之前，她在内蒙古就被抓捕过一次，而且就是在她拐卖郭振之后的第三年。那次她被抓捕后，警察同志没有找到她曾经在山东省犯案的证据，她也没有主动交代。

简直丧尽天良，毫无悔改之心！但凡她能有一点良知，对法律有一点敬畏，在第一次被捕时主动交代拐卖郭振的事情，怎么会有我后来二十多年的艰苦寻找？怎么会有郭振现在选择回养父母家生活？

我实在宽容不起来。对于泯灭人性的人贩子，必须严惩不贷！

这不仅是我一个人的痛苦，也是一个社会话题。人贩子的每一桩罪行，毁灭的都是一个家庭。

我认识很多丢失孩子的父母，为了找孩子，房子卖了，工作不要了，甚至有人因此早亡。这种伤害是用命都无法弥补的，严惩人贩子不是为了让他们赎罪，他们百死难赎其罪，是要警醒他们不能再作恶，阻止后续这种惨剧的再次发生。

经过两年时间，人贩子唐立霞终于服法了，法院宣判了：无期徒刑。她的同伙呼富吉则被判处了死刑缓期执行。

在那一刻，我才真正放松下来。

同时，我也非常怨恨那些"买家"。他们享受的天伦之乐，是建立在我们的痛苦上，是建立在即使终于找回孩子也要面对家不是家的景况的痛苦上。这么多年跑工程运输，我懂得一个非常简单的道理，有人需要货，我才会拉货卖给他们，有买方才有卖方。拐卖儿童也是同样的逻辑，如果没有人买，人贩子会冒着犯法的风险去拐孩子吗？

在过去，很多人被"重男轻女""养儿防老"的封建思想毒害，再遇上不孕不育、生不出男孩等所谓的原因，可能就会生出"买"一个男孩的想法。我也是农村人，很清楚被人戳脊梁骨说"绝后"的压力，但这些都不是伤害别人的理由。

但是为了不让郭振为难，我可以不指责他的养父母一家，也不打算追究他们的责任，甚至对他们二十四年照顾抚养郭振而心怀感激，如果他们愿意，我希望可以当成一门亲戚去走动。

有人说我"软弱"，也有人说"父母的心，面对孩子时会低到尘埃里"，我却深深明白，是因为我们这些年的艰辛付出对郭振来说只是个概念，而养父母对他的抚育疼爱却是真切可感的。二十多年的陪伴无法替代，法外之情自古难断。为了孩子，软弱也好，卑微也罢，我都愿意。

郭伟记述

　　我妈曾经做过一个梦，梦里得到仙人指点，说在我二十二周岁那年，哥哥郭振就能找回来。第二天醒来后她说给我们听，我们虽然都知道她是日有所思夜有所梦，但觉得就像小龙女中毒离开杨过时说了一个十六年之期一样，有个期限就有个盼头，或许十几年后已经有了新生活，就能面对这份痛苦了。当时离我二十二岁正好还有十年，于是我们全家就把这个梦当成一个希望，缓解眼下的苦痛，并不想去探究有没有科学道理。

　　转眼我二十二周岁过半，2021 年 6 月，我爸的电话打来，说哥哥找到了。

　　后来想起我妈的那个梦，我不知道是老天

垂怜，是吸引力法则，还是念念不忘必有回响，不管是什么，总之算是美梦成真吧。

听着我爸兴奋的声音，我也无比高兴，一块悬了二十多年的大石头终于落地了，太好了！我简直比拿了奖学金还高兴！

小时候有一次陪我爸去山东电视台做节目，中途去宾馆拿一个什么东西，是一位记者陪同我去的。那位记者思想非常深邃，至今让我印象深刻。他说，郭伟你想你哥哥吗？我说想啊，我肯定想我哥哥。他看了看我，说你不想，因为你脑子里没有对他的任何印象。

见我没回答，他接着说，是你爸妈让你想的，所以你觉得想。

他的话让我陷入思考，是啊，我和哥哥素未谋面，我不认识他、不了解他，我是怎么想他的？

在以后的日子里，我也经常思考那位记者的话。他说得对，我和哥哥素未谋面，没有参与过对方的人生，没有共同的记忆，我无法对他有想念之情。但这并不影响我渴盼他的归来，渴盼家人团聚，血亲之间并非所有的挂念、期待、激动都要建立在想念之上。

放下我爸的电话后，我的心情无比激动，好像高考后查分数时赫然发现考了一个超高分，仿佛准备了许久、失败了多次的项目终于圆满完成了。那是我们家的一件大事，一件持续了二十四年的头等大事，一件盘桓在我们家每个人心中、使我们全家都围绕着它转的大事，如今终于圆满解决了！

破镜重圆，没有比这更值得高兴的事了。

我哥回来以后，我爸就能恢复正常生活了，我妈就能高高兴兴的了，我就能安心学习和工作了，我弟也能安心上学了，我们家以后多兴旺啊！那阵子遇到点什么小烦恼都能一笑而过，每天都处在很兴奋愉快的情绪中，真正体会了一把什么叫"高兴得睡不着觉"。

认亲时我没有回去，但看到了现场照片和视频，泪湿眼眶。

对于这个哥哥，我有几点感受，认亲前我就见过他的照片，当时的第一感觉就是，他没我帅。原因很快找到了，他长得随老爸，我更随老妈一点。

第二印象就是他挺有文化，他在广西上了大学，毕业后成了一名老师。认亲前他曾给我们家写了一封信，托公安部门转交给我爸，但我爸独自看完后没告诉我们。

那天晚上我往家里打电话，听我爸激动地说着当天的盛况，说我哥比他高半个头，跟我差不多高；说吃饭的时候我哥吃了半块聊城特色小吃沙镇呱嗒，果然还是聊城人啊；说他今晚终于可以关掉手机睡觉了，以前的二十四年他从来不敢关机，生怕漏接一个电话……我听得真心高兴，迫不及待地问了一个最重要的问题：我哥愿意回来吗？我爸沉默了一瞬，回答得有点犹豫，然后把哥哥写的那封信发给我了。

　　……因为我在这边已经有了工作，而且也在这片土地上生活了二十多年，加上我养父母的年纪大，身体也不好，我再三考虑之下，还是决定继续在这里生活……

　　…………

　　……不希望我的亲生父母和养父母都因为这件事情而扰乱了生活，就让这件事情安安静静地结束，让这个世界上从此少了一个丢失孩子的家庭，多了一份团聚的亲情，这就够了……

　　正如古希腊哲学家爱彼克·泰德所说：我们登上并非我们选择的舞台，演出并非我们选择的剧本。我的身世既然已经了解清楚，接下来的认亲我只想去山东主动见我的亲生父母，不公开，不报道，不见诸媒体。所有的苦厄已经过去，让我们用安静低调去拥抱这份生活的美好吧。

　　…………

　　我逐字逐句看完，感觉他素质很高，文笔很好，言辞很委婉得体，但也明确表达了，养父母对他很好，他不想回来。

　　不用问，我也知道爸妈的态度，肯定是尊重我哥的选择。我爸年轻的时候脾气很大，也可能是长期寻找又没有结果，人在那种状态中都会很烦躁，但渐渐地，我爸越来越隐忍豁达。我哥选择继续在养父母家生活，其实我爸妈受着极大的委屈，但我爸却表现得格外平静。

他简直就是属"骆驼"的，什么都能扛。他扛过了二十四年寻子路上的千辛万苦，扛住了外界的质疑和嘲讽，现在又扛起和我哥关系里的巨大压力和委屈，扛得住的、扛不住的，他都扛住了，能忍的、不能忍的，他都忍下了。因为这就是世间最贵的父母心，大爱无言。

很快，我哥的事就在网上引起了很大争议，有人言辞激烈地指责我哥，也有人嘲讽我爸"大度""软弱"，说他"二次失孤"，说他为什么不追究买家责任。我爸这个"老骆驼"发怒了，皱着眉头，挺直后背，用手指敲打着桌面，说："他们根本不知道我想要的到底是什么！"

我知道，他虽然比任何人都希望我哥回到我们家生活，但他也是打心眼里体谅我哥，他认为："过去这么多年孩子有他自己的生活轨迹，他又不是一个机器零件，直接从一个地方拿到另一个地方，照样可以正常运作。"

他害怕大家因为心疼他而打扰了我哥的生活，如果因为他的出现而让我哥受到伤害，那他觉得自己寻找二十四年就没有意义了，他自始至终都认为我哥健康快乐地活着比什么都重要。所以他虽然那阵子吃不好睡不好，却没有做出任何解释或辩白。他挡在我哥面前，小心地保护我哥的私人信息，用沉默等待着热度散去。

在这件事上，他的委屈让我觉得很了不起，他的沉默一度让我有点担心。为此，他说，他恨人贩子，比其他所有人都恨，拐卖是超越谋杀的罪行，他恨不得将可恶的人贩子千刀万剐，抽筋剥皮。他也恨买孩子的人，认为没有买卖就没有伤害，世上偏偏存在这样的买卖，他们的天伦之乐是建立在别人的剜心之痛、精神凌迟之上的。

可在恨的同时，他也庆幸我哥遇到了善良的养父母，虽然痛恨他们，但也感激他们这二十四年来对我哥的照顾和抚养。多少次午夜梦回，想到如果养父母虐待我哥，如果不让我哥吃饱穿暖，如果不让他去上学，如果无力养活而使他夭折……每一个假设都让他毛骨悚然，浑身冷汗地醒来。

我哥在河南，我们家在山东，这不远不近的两百多公里，却横亘着缺失的二十四年时间，这其中的委屈和不甘，真的不能细想。但往事不可追，我们总要向前看。这不远不近的距离，也方便我哥回家，多回几次家，相信他的心慢慢就回来了。

确实，后来我们很快就熟悉了，我发现我哥其实和我爸很像，能吃苦，不怕累，工作加班也不抱怨，踏实沉稳。同时，他性格稍微内向，话不多，不爱交际，心中道德感很重，既不想辜负辛苦寻找他二十四年的老爸，也不想让养父母为难，特殊的身世致使他的心理压力很大，他一直在努力平衡两个家庭的关系。

这也是很多被拐孩子的一种心理。人们总爱说破镜重圆，但其实镜子碎了就是碎了，拼起来粘上也是有裂缝的。对于寻亲群体来说，找到孩子只是第一步，并不是皆大欢喜的圆满结局，只是一个开始，后续的一系列问题，从户口归属，到家人相处，到心理抚慰……都需要社会和有关部门更多关注。

让破碎的镜子真正圆起来，让鸿沟般的裂痕慢慢弥合，是一条更难却必须好好走的路。

我曾经淋过的雨

为什么一些家长豁出命去好不容易找到了孩子，却得不到圆满的结局呢？

当越来越多的人关注"打拐"话题，问得最多的就是这个问题。我自己就曾是其中一员，也见过太多这种情况，因此曾认真思考过这个问题，总结出了几个寻亲过程中很容易陷入的误区。

误区一：过分纠结于谁对谁错，相互埋怨。

孩子在被拐的时候，身边往往只有一个人，而且大部分是女性家长。人贩子在拐卖的过程中，肯定要考虑到被发现时如何逃脱，女性的体力不如男人，所以会选择她们带孩子的时候下手。如果孩子是奶奶或姥姥带的，孩子的父母一个会维护自己的母亲，一个却抱怨对方的母亲，矛盾就这样产生了。如果孩子是母亲带的，时间久了，母亲会内疚，父亲会埋怨，矛盾同样产生了。

孩子被拐了，在谁家都是天塌了的大事儿，刚开始所有人都是慌乱的，甚至报警的时候都说不清前因后果，也说不清孩子的特征。但初期的慌乱过后，就应该回归理性。如何找孩子、谁去找孩子、去哪里找等问题，这些才是家长最该考虑的，而不是相互指责和埋怨。

我见到过很多夫妻，在派出所里介绍孩子丢失的情况时都相互指责，男的说女的不负责任，看孩子都看不住，女的说男的不着家，家里什么事儿都指望不上……这种情况下，成年人的矛盾都解决不了，还如何解决找孩子的问题呢？

还有一种相互埋怨，是发生在寻找了很久都没有结果的时候，这也是比较常见的。在经历了周而复始的从产生希望到陷入绝望的过程后，有些人就会产生逃避心态，不愿意直面痛苦和压力。但这份压力不会消失，只会转移，夫妻双方相互指责，把问题推给对方，试图用这种方式来让自己好受点，结果肯定是徒劳的。

我和文革之间最大的默契就是不提对方有无过错，我全力以赴地寻找孩子，她全力以赴地照顾家庭，在很长一段时间里，我们的关系不像是夫妻，更像是分工明确的战友。虽然后期也曾出现过一些问题，但都能及时调整心态。

作为家长要明白，真正的错误不是家长有没有看得住，不是孩子长得可不可爱，而是那个人贩子犯了罪。

误区二：只顾眼前寻找，不做长期准备。

发现孩子找不到了之后，一定要立刻报警，通过警方来确定孩子是走丢了还是被拐走了，继而确定寻找的方向。如果错过寻找孩子的黄金期，就要做好长期准备。这里所说的长期准备不仅是心理上的，还有经济上的。

我刚开始就是一门心思找孩子，工作不要了，生意不做了，家里的积蓄花光了只好去借……后来才醒悟过来，孩子要找，钱也要挣。如果夫妻双方都有工作，可以一个人负责找孩子，另一个人负责赚钱。夫妻两人，或者和直系亲属之间好好商量，找出一个最合理的方法坚持下去。

误区三：再要一个孩子，就是对被拐孩子的背叛。

很多网友给我留言，问我为什么在郭振丢失之后，还会再要孩子，这样对后面的小孩负责吗？对前面的孩子公平吗？

我必须承认，郭伟小时候的确因为我出门找郭振被忽视过，也因为经济条件不好受了很多委屈。但回过头看，我还是觉得再要孩子对我家来说是比较正确的。

我认识一对寻亲夫妻，没有因为找孩子的痛苦和绝望而分开，却因为"是否再要孩子"而发生分歧，最终以离婚收场。丈夫觉得，两个人还年轻，可以再要一个孩子，一边生活一边找孩子，但妻子接受不了，觉得再要一个孩子牵扯住了精力，不能再全力投入找孩子，就是对被拐孩子的背叛。

我认为，是否再要一个孩子，应该取决于夫妻双方是否爱孩子，是否期待他的到来，而不是绑在其他因素上。有一点必须强调，再要一个孩子，不是对被拐孩子的背叛。

误区四：过分依赖重金悬赏。

在电影《亲爱的》里有这样的情节，孩子被拐后，经济条件还不错的父母重金悬赏，并把奖金从一万提升到五万，从五万增加到二十万。但最终没有收到孩子的线索，反而被诈骗犯盯上了，甚至还有人找了一个相似的孩子去蒙骗孩子家长。

我也曾被敲诈过，在郭振被拐的第四天，骗子为了四千元骗了我们三天，致使我们错过了找孩子的黄金时间；后来在寻子路上，我也接到过多次骗子的电话和短信。他们利用寻亲家长不敢错过一个线索的心理，蓄意作案，让寻亲家长

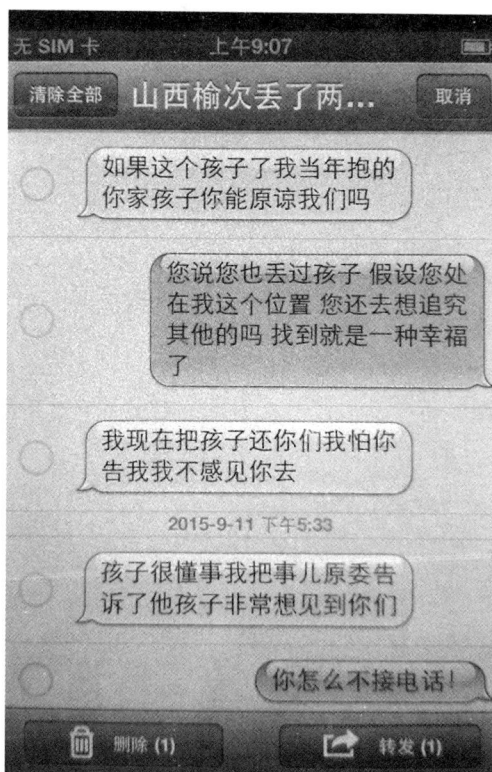

被诈骗的聊天记录

的情绪更加崩溃。

因此，在收集线索的时候，我更建议先征求警察同志的意见，在他们的指导下采取一些民间的措施。

误区五：过分相信血缘关系，忽略了情感需求。

在我认识的寻子队伍里，有一个人的遭遇是最典型的。她是一位母亲，当年孩子被拐之后，她坚决要找孩子。但过了几年，她的丈夫坚持不下去了，选择和她离婚，然后到新的地方重新开始生活。这位母亲并没有放弃，继续自己寻找。她找了很多年，去过很多地方，平时就靠打零工赚取路费，吃过的苦、受过的罪可想而知。

找到孩子的时候，她特别激动，也特别怨恨买家，态度很坚决地要求孩子必须回到自己的身边，并且要起诉买家。她告诉孩子，自己是他的亲妈，要是没有这群买家和人贩子，他们一家会有多幸福。

但她说的这一切，孩子心里接受不了。孩子后来选择回到养父母身边，不愿意和她生活在一起。刚开始，孩子还愿意和她打个电话、聊聊微信，但她每次通话都先批判一下孩子的养父母。没过多久，孩子把她的微信拉黑了。

太让人唏嘘了！费尽千辛万苦找到孩子，原本是件好事，却演变成了悲剧。

这就是血缘和情感的平衡。

血缘上的至亲，孩子是感受不到的，而"买家"充当了父母的角色，几十年的养育情，孩子却每天都在感受。在孩子眼里，亲生父母反而成了破坏这条纽带的人，换言之，成了"恶人"。可能在很多人看来，这多荒谬啊！

但从孩子的视角去看，也不难理解，孩子也是受害者啊，他们小小年纪被拐卖到一个陌生的环境，为了生存，本能地把买家当父母，融入全新的环境，对于小小的他们，也是抽筋扒皮的经历啊！等终于长大，养家的一切已经和他们骨肉相连了。

他们不会认为养父母是"共犯"，只会觉得生活被搅乱了，自己进退两难。选择亲生父母，就意味着养父母养了一个"白眼狼"，亲朋好友会对他指指点点，让他抬不起头来。可选择了养父母，又难免伤害亲生父母这边。

所以，要给孩子一些时间，让他们慢慢想明白这些事情。我和文革也好，孙海洋夫妇也好，都是把选择权交给孩子，不让孩子感到太大的压力——尤其是这份压力不能是来自亲生父母这一边。

记得孙海洋找到孙卓，并且把孙卓接到深圳上学后，我曾去深圳看望他们。曾经我们在寻子路上互通有无，互相打气，都盼着对方早点找到孩子，又私心里害怕对方找到了而自己还没找到。巧合的是，2021 年是我们的幸运年，我的郭振在 7 月找到，他的孙卓在 12 月找到，我结束了漫长的骑行二十四年，他结束了揪心的十五年又五十七天。更巧合的是，孙卓竟然被拐到山东省聊城市阳谷县，不仅离我家很近，且正是郭振被拐后骗子让我交钱的地方。这就是造化弄人吧。

那天晚上，我们这两个满面沧桑的父亲，一壶小酒几盘小菜，边喝边聊了大半宿。我的郭振选择在养家生活，他的孙卓原本选择在养家生活，在认亲半个月后，最终选择回到他们身边，一家人团圆。这其中的心酸、不甘、煎熬、狂喜……是难以用语言表达的，却是我们彼此可以感同身受的。

对于郭振和孙卓，我们希望让他们感受到来自亲生父母的爱，这种爱是无私的，不要求回报的，是发自真心的。当然，或许有的养父母也是出于真心爱护，并非是"我养你小是为了让你养我老"的有目的的爱，那就交给时间去分辨。

找答案的人

　　在找到郭振之后的很长一段时间里，我都无法从寻找儿子的心境中走出来。过去的种种，不停地在我脑海里打转。郭振平安长大，还回家办了婚礼；人贩子终于服法，得到了法律的制裁……似乎我终于走到了终点，但我却总觉得，好像还有很多事情，我没有做完。

　　我的两个微信号一共有九千多个好友，除了寻亲者，还有找牛的，找马的，丢三轮车的……很多人想找什么，或者遇到困难，都会来找我。我曾经一度觉得自己是个大垃圾场，但后来我发现，这些人都和曾经的我一样，是找答案的人，都是想有个人能听自己说说话，给自己出出主意。我在路上的那二十四年，又何尝不是为了找一个答案呢？

1.他让我找牛。

某一天，我接到一个电话，本以为是提供郭振的线索的，没想到对方第一句话就是："我的牛被偷了，你能帮我要回来吗？"

对方嗓门很大，我应该没听错，但有点哭笑不得，我是找儿子的，又不是找牛的，打给我也没用啊！

对方情绪很激动，说话有点语无伦次。我知道他和我一样，是地道的农民，可能遇到了什么困难，求助无门，不知道在哪看到了我的电话，就打给我让我帮忙，于是我没挂电话，让他慢慢说。

原来他的牛被邻村的人偷走了，他去要，对方不给，还把他说了一顿。他老实巴交的，说不过人家，也要不回来牛，气得够呛。之前我去他们村找孩子时他见过我，记下了我的手机号，他觉得我走南闯北挺厉害，就打电话给我，让我出个主意。

我问他，你确定牛是别人偷走的吗？还是你的牛自己走丢了，被人家捡到了？他说不知道，反正牛现在在那个人家里。我马上明白了，这事得公开了往漂亮了办，于是让他买点水果，喊上村主任一起，去那人家里把牛要回来。老哥立马就不干了，说凭什么他偷了我的牛，我还得给他买水果？！

我就劝他，第一，你说人家偷了你的牛，但没有任何证据；

第二，买水果才多少钱，几十块而已，但有了这几十块你就占理，你是为了感激别人的拾金不昧去的；第三，村主任在，对方怎么也得给几分薄面。老哥一琢磨，确实在理，就去了，真把牛要了回来。

后来我告诉他，换个方式能办成的原因很简单，不能充满恶意地揣测别人，老哥冲到别人家里说人家偷了他的牛，肯定会激化矛盾，牛长得都一样，你说是你家的，他还说是他家的呢。但如果默认是对方捡了他的牛，去感谢对方拾金不昧，就是把恶意换成了善意，对方的感觉自然就不一样了。

2. 她想报复男人。

曾经有一个女孩，给我打来求救电话。她很年轻，哭着说自己被别人害了，她不想活了，也不想让害她的人好过。

女孩谈了一次恋爱，可惜的是，恋爱对象是个艾滋病患者，把这个病传染给她了。小姑娘刚刚大学毕业，本应有大好的前程，却都毁了。她接受不了，就想去报复男人。

我听了之后很心疼，但我知道她不会那样的，她受过高等教育，有道德底线，分得清是非黑白，只是一时太气愤太绝望了。我没有讲大道理，而是问她，你也有亲朋好友，如果你失去理智报复异性，那些异性如果和你的亲朋好友再扯上关系，不就等于你间接把亲朋好友也害了吗？

在她冷静一点后，我用自己的经历继续说服她。我说，大家都知道我的孩子丢了，被人贩子拐走了，那我能像人贩子那样做吗？去一个陌生人的家里，把人家的孩子拐走，抱回家里自己养？她说，那当然不行了！我说，对啊！你得病了，是你对象不负责任，是他的错，你要做的是赶紧去治疗，为自己负责，而不是去祸害别人。

女孩停止了哭泣，决定先去治疗，再做其他打算。如今她的病情得到了控制，她也投身到"抗艾"公益事业中，贡献自己的一分力量。

3. 她不想活了。

还有一位鄂尔多斯的姐姐，她原本是一名热心网友，偶尔和我在网上聊几句。有一天晚上，快十二点了，我突然接她的电话。在电话里，她反反复复就一句话："老郭，如果我活过了明天，我就跟你一起去找郭振。"

我当时已经在某个小县城里找到落脚的地方准备睡觉了，这句话直接把我吓清醒了。我赶紧问她出什么事儿了。大姐只是说，她不想活了。我不知道她遇到了什么过不去的坎儿，她当下这种情绪，也问不出个所以然，于是我转移话题，说："大姐，咱们在网上聊了这么久，我还不知道您有没有孩子呢？"

　　她说："我有一儿一女，加起来正好是个'好'字。"

　　我就顺着孩子的话题劝她："您可真幸福啊，两个孩子就等于有了两个希望啊。如果您不活了，两个孩子怎么办？他们今后是苦是乐，您都不知道，他们苦了，您帮不了，他们幸福了，您看不到。"

　　大姐止不住地哭起来，半晌后说："如果我这个当妈的没了，他们哪还有乐啊？"

　　就这样，能够劝住一个母亲的，无非是对孩子的惦记和不舍。

　　后来大姐和我说，那段时间她和丈夫之间发生了很多不愉快的事情，心理压力特别大，那天晚上丈夫又用言语刺激她，她才会一时之间想不开。

　　很多念头都是在刹那间升起的，当一个人陷入执念中，你拉他一把，他或许就能挺过来，你推一把，没准就把他推进了万丈深渊。我希望自己能够当一个拉别人一把的人。

　　寻子路上，我曾经遇到过真正的苦行僧，他们慈悲为怀，我和他们一起露宿在山间地头，和他们聊过天。在他们身上，我看到人生就是一场修行，你种下了善念就会结出善果。

　　正所谓，善恶到头终有报，人间正道是沧桑。

　　我愿意用最大的善意去想别人、去做事，在找到郭振之前，我就想，我多做点好事，我的孩子们也会得到别人的帮助。在找到郭振之后，我就想，肯定是我做的好事比较多，孩子平安长大了。

就这样，找到郭振之后我一度迷茫的内心，渐渐有了新的方向：我不是网络名人，我不会博取流量，我只是普普通通的老百姓，但我想做点更有意义的事。

什么事更有意义呢？帮助更多的孩子回家，帮助更多的寻子父母找到孩子，如果有可能，还想去帮助更多的农民。对了，还有尽快还清三十九万的贷款。

世界以痛吻我，我要如何报以之歌？

在"闭关"的那两个月里，我一直在整理自己的思绪，我要做什么，应该怎么做。我当时刚刚找到孩子，心气也高，想以自己为例，帮助千万个寻亲家长认清现实、厘清思路，更高效地找到孩子。但我转念一想，我自己都花了二十四年才找到孩子，怎么说服别人提高效率呢？这不现实。

我必须落地，从和打拐家庭最息息相关的小事做起，做细致，慢慢做。理清思路后，我最想做的是三件事。

1. 关注寻亲家长心理健康。

这二十四年里，我有过无数次想要放弃的念头。放弃找寻孩子、放弃自己的生命，就连我的妻子，也常年抑郁。早些年，心理疾病的概念没有这么普及，这种因为意外而导致的心理问题得不到重视，大家只会说，看开点吧，想开点吧，但实际上毫无用处。

文革曾经就陷入深深的自责无法自拔，最严重的时候，她会无缘无故扇自己几巴掌，甚至把脸都打肿了。慢慢好转后，郭振被拐成了我们家的忌讳，我们都小心翼翼，不敢提及。实际上，这并不是解决问题的积极态度，后来彭三源导演和鲁豫姐也都指出过，我们夫妻俩只是很默契地把伤口埋起来，假装看不见，实际上谁疼谁知道。

更有一些夫妻，过分沉浸在"老天不公平""我怎么这么倒霉"的抱怨情绪里，找孩子遇到挫折时，想的是"老天凭什么这么对我"，而不是"我该怎么解决问题"。久而久之，就会过分自责，以及相互埋怨。

我想通过努力和呼吁，让更多寻亲家长远离这种心理问题，让更多有心理医生参与的社会力量为他们做专业疏导。

2. 推进"买卖同罪"。

在唐立霞被判刑之后，很多媒体采访我，问我接下来的打算是什么。我都是这么回答的：我希望法律能够直接干预，处理"买家"和亲生父母之间的矛盾。我始终认为，他们不是所谓的"养父母"，就是买家，可以说是人贩子的共犯，他们的出现，让亲生父母对孩子的抚养关系被迫中断。既然孩子找回来，法律就应该起到"拨乱反正"的作用，让错位的关系回到正轨。这不仅仅是我一个人的心声，也是很多个寻亲家长和千万网友的心声。

一个孩子被拐走，想要合法地生活在中国任何一个地方，都需要申报户口，需要有一个身份。人贩子拐走孩子之后，并不是简单地一手交钱一手交货，而是要走一套流程，才能把不合法变成合法，这中间的灰色地带就需要法律的介入和监督。

除此之外，当被拐孩子找回来后，他相当于是有两个身份的人，亲生父母这边没有销户的身份和买家那边造假的身份。一个真一个假，竟然还要看孩子的选择。这无疑给了买家可乘之机，不管是日常点滴里灌输的观念，还是最后的道德绑架，都是建立在对亲生父母的伤害的基础上。

买家也好，人贩子也罢，他们都是拐卖妇女儿童链条上的人，如果没有买家，人贩子冒着判刑的风险拐来妇女儿童干什么？有些网友也提出过，法律对拐卖妇女儿童罪制定的刑罚之所以不像故意伤害、杀人那么重，就是怕人贩子在运输妇女儿童的过程中破罐子破摔；不主张"买卖同罪"，也是不希望买家狗急跳墙，伤害妇女儿童。

但对于孩子的亲生父母呢？那是长达几年、十几年，甚至是数十年的剜心之痛。杀人不过头点地，究竟是什么人才能在给别人造成如此沉重的心理伤害之后，还能心安理得地听着对方的孩子叫自己"爸爸妈妈"啊！

在今后的时间里，我会和更多有识之士共同推进"买卖同罪"，让法律说话，真的就是真的，假的就是假的。不用孩子选择，法律会强制让孩子回到亲生父母身边，即便不追究买家的责任，养父母的抚养关系也会自动解除，让一切都回到正轨。只有这样，才能杜绝亲生父母和孩子反目成仇的人伦悲剧。

这同样是一场持久的斗争，我只愿，天下无拐！

3. 帮助弱势孩子群体。

这一路走来，我见过很多被拐的孩子，也见过很多被抛弃的孩子。他们大多是因为父母离异后再婚、老家经济条件落后、自身学历不足等诸多原因成为社会的边缘人。他们需要被社会接纳，需要被家庭接纳，需要学习一技之长。

很多城乡接合部、小县城里，有大量这样茫然的青少年，尤其是新时代经济发展太快了，他们跟不上时代的脚步，就只能效仿其他人进入工厂、进入城市，然而自身能力的缺失会让他们很容易走错路。好在如今有很多机构开始重视这种情况，会有组织、有针对性地开展乡村教育，让他们学会一技之长。

　　电影《失孤》播出后，有一段时间我成了所谓的"名人"，有很多人找我帮忙。其中有十几个残疾人，他们因为身体残疾，找不到营生。我当时正好有个渠道，是做手工艺品的，流程很简单，就是往葫芦上拓画。我就组织他们干这个工作，计件付费。他们一个月能赚四五千元，生活有了很大改善。然而有一天，有一个人突发哮喘，好在送医及时，很快就恢复了。

　　但这个工人的家属找来了，话里话外就是让我赔钱。我当时很奇怪，工人有哮喘没有事先告知我，突发疾病后我支付医药费给他看病，怎么还让我赔钱呢？

　　和我关系不错的律师告诉我，人心难测，我只是帮忙牵线搭桥，帮他们找了个营生，连雇佣关系都算不上，如果被讹上就有点冤了。但我转念一想，那些残疾人兄弟是为了生计，正因为人心难测，他们才更应该自食其力，我帮的是他们，他们的生活得到改善，而我也问心无愧，这就行了。

　　一些弱势群体更需要我们的善意，需要社会的帮助，而最好的帮助，就是让他们实现价值，以自己的一技之长自食其力，这样的帮助给的是尊严，是让他们体验到普通人的幸福和快乐。

　　我经历过苦难，见识过人性，我经历的一切超过很多同

龄人，但我仍然愿意相信，我们的社会、我们的生活一直在
往好的方向发展。

那些年，那些人

在找到郭振之后，我突发奇想，决定再次骑行，重走一遍曾经走过的路，找一找曾经帮过我的那些好心人，再去看一看那些带给我无限温暖的志愿者。

我的这个想法得到了一位骑行达人的支持，他叫温从平，专门拍摄骑行的视频。他跟我说，郭哥，我给你提供摩托车，咱们哥俩一起，这趟旅行就叫"感恩行"。

感恩，是啊，这二十四年里，我遇见了太多好心人，我应该回去一趟，亲自和他们说声谢谢。

老温在骑行领域很有影响力，给他赞助摩托车的都是像杜卡迪这样的大品牌。他给我也要来一辆。我看着威风的摩托车，想起了我曾经的小破车，开玩笑说："当年我要是骑这个牌子的摩托车，估计得破产。"

他听完哈哈大笑。

我把"感恩行"的计划发到网上后，得到了家乡的交警部门和各地摩友的支持。我们从聊城出发时，交警同志们骑着铁骑一路护送我们，并且给我举办了隆重的欢送仪式，让我感慨万千。真是苦尽甘来啊，之前每次的孤零零上路仿佛还在昨天，如今竟然有了这样的排场。

老温按照当年我走过的寻子路特意给我规划了一条路线：山东聊城→河北邯郸→河南郑州→湖北武汉→江苏南京→浙江宁波→福建漳州→广东广州→云贵地区→重庆市。全程大概一万公里，历时两个月。只是后来由于种种原因，我们改变了路线。

第一站是河北邯郸。

那是我当年骑摩托车远程寻子的第一站，也是我第一次真真切切感受陌生人的温暖的地方。记得当初到了邯郸之后，我在一个小卖部打公用电话给家里报平安。那个小卖部的店主是一位六七十岁的阿姨，她不仅不收我的电话费，还跟我说："孩子，以后你到了邯郸就来我这里，我虽然给不了你什么支持，起码能管你一顿饱饭，给你找个睡觉的地方。"这么多年了，我始终惦记着那位阿姨，想再去看看她。

后来再去邯郸的时候，那里已经发生了巨大的变化，小卖部已经不在了，我没有找到阿姨。这次我想借着"感恩行"的机会，去当地派出所里打探一二。要是能找到她，我一定要把孩子找到了的好消息分享给她。

然而，人算不如天算，我们抵达邯郸的时候，恰好遇到疫情，很多地方无法通行，我们只好重新规划了路线。

第二站是河北邢台。

在这里，有另一个"郭刚堂"和"郭振"的故事。被拐的小孩名叫解清帅，也是很小的时候就被人贩子拐走了，父亲解克锋寻子二十二年多仍没有消息。

我们做直播的时候，另一位孩子被拐的家长找到直播的地点，请求我们帮帮他。看到家长焦急的模样，我仿佛穿越时空，看到了当年的自己。

于是，我和老温决定，还是制作寻亲旗子，插在摩托车后面，继续背负其他家长的期盼，穿越祖国的大江南北。第一站我在寻子旗上挂的是解清帅的照片，第二站挂的是梅志强的照片，好消息是，写作这篇文章的时候，解清帅和梅志强都已经找到了，他们两家都团圆了。

第三站，我们改变路线去了陕西西安。

陕西兴平市有一位"宝贝回家"的志愿者秋晨,她为"打拐"事业做出了非常大的贡献。我第一次见到她是在"宝贝回家"在西安市举行的一个活动上。当天,秋晨姐是最后一个到的,她不仅自己来参加活动,还背去了重达百余斤的相关资料。很难想象她为了收集这些资料付出了多少。

后来我们经常联络,她给我提供了不少陕西省各个县城的情况。除了秋晨姐,还有一位寻亲家长李静芝给我留下了深刻的印象。她和我一样孩子被拐卖,历经三十二年才最终找到。而且李静芝也没有停下寻亲的脚步,她以陕西为原点,帮助周围的人。无论是李静芝,还是秋晨姐,都是我的榜样,激励着我继续前行。

第四站是重庆。

在这里我要见一位对我非常重要的人,就是樊警官。在我寻找郭振的过程中,樊警官是帮我联络西南部地区所有破获的拐卖儿童案件进展的人。不仅是公安系统内部罗列出来的被拐儿童信息,就连很多寻亲志愿者提供的消息,他也不嫌费事地帮我进行筛选。其中的工作量,外人是无法想象的。

无论是樊警官,还是我老家当地的警察同志,他们也都从来没有停下手里的工作。只不过,他们的工作只有在最后"孩子被找到了"才能被认可,可那些所谓的"无用功"才是他们工作中的常态。

我真心感谢所有默默付出的警察同志！

第五站是贵州贵阳。

在这里，曾经有一群陪着我寻找孩子的志愿者。那是我最穷困的几年，这群志愿者看我天天为了油钱省吃俭用，在我无功而返的时候给了我一张加油卡。那是一张子卡，母卡在志愿者手里，他们说，郭哥，你踏踏实实找孩子，就用这张卡里的钱加油，每次加油的时候你就会想起我们都在你身边，卡里的钱不够了，我们就给你充值，解决你的后顾之忧。

那张卡真的是雪中送炭，里面有三千元钱，我用了七百多元后，就不再继续使用了。经济状况有所好转后，我就把那张卡还给了志愿者，让他们去帮助那些更需要帮助的人。

再次来到贵阳，我终于又见到了这群可爱的志愿者，我亲口告诉他们："我找到郭振了，我们都在好好过日子，我也会继续帮助其他需要帮助的人寻亲！"

这也是我对曾经帮助过我的人最真心的回报。

第六站是贵州六盘水。

在这里，我找到了照进我人生的光亮，就是前文提到的那个开车为我照亮的司机。他叫许维红，当年他看到我一个人摸黑开车，觉得我太危险，出于好心帮我照亮。他不知道那束光对我而言有多重要。我留下他的联系方式，就是为了给自己打气，就算后来再有什么过不去的坎儿，我想想这位老哥给我照的亮，也就能挺过去了。

第七站是云南。

这里民风很淳朴，当年我在这里寻子，很多人不认得我，却拉着我去家里喝茶、吃饭，不吃不让走。我听到最多的一句话是，别的我帮不上，也就能给你做顿饭了。

第八站是广州韶关。

第九站是江西南昌。

这里曾经有一位真正的"打拐斗士"魏哥。为了抓获拐卖儿童的人贩子，他孤身进入"敌营"，掌握了人贩子的犯罪证据，并且将那些证据交给了警察，协助警察解救了很多被拐儿童。

不幸的是，前几年这位"打拐斗士"因病过世了。我这次去南昌，就是为了去他的墓地上告诉他，我的孩子找到了，感谢他付出的一切。

第十站是浙江宁波。

早在我刚开始寻找郭振的时候，我就在浙江宁波认识了月光姐，她尽管经济条件有限，仍然不遗余力地帮我找媒体宣传。我的事迹第一次登上央视，就是靠月光姐联系了央视网宁波站的记者。

更让我感动的是，当年月光姐家里并不富裕，在我离开的时候，她却偷偷往我书包里塞了二百元钱，等我发现时给她打电话，她说："姐姐条件有限，帮不了太多，这二百你拿着，路上吃点好的，别太苦着自己。"

此行我再次见到了月光姐，也见到了当年不遗余力帮助我的记者。转眼间，二十多年过去了，我终于可以告诉他们，郭振找到了，谢谢你们。

全程一万多公里、历时两个月的"感恩行"，让我见到了无数个当年帮助过我的人，回顾了无数段难以忘怀的时光。

但更让我触动的是，这一路上，不管是通过直播，还是通过志愿者，仍然有很多寻亲家庭联系我，希望借助我的平台帮他们发声，帮他们传递消息，帮他们找到坚持下去的勇气。

我想，这正是我今后的重点，也是我做视频、做直播的初心。

一直在路上

一场"感恩行"结束了，但寻亲路并没有结束，它是一条漫长的路。

寻亲，简简单单的两个字，却包含了太多的信息：有的是父母寻找自己的孩子，有的是孩子寻找自己的父母，有的是老兵寻找自己的故乡……造成这种离别的原因很多，家庭变故、天灾、人祸（被拐卖）等等。但每个人都渴望找到自己的根，正所谓叶落归根，没有人愿意像浮萍一样飘着。

二十多年来，我深刻感受到时代的变化之快，以前寻亲的主要方式是印刷寻人启事，到处张贴，辐射范围也只有周围几公里。现如今，人人都有手机，闲暇时爱看看短视频和直播，这种新型的传播形式的效果是我们之前不敢想的。

　　贵州女孩杨妞花，五岁时被拐卖到河北邯郸，卖到聋哑养父家里，她每天都在思念自己的亲人，寻亲十年无结果，最终在借助网络力量半年后，找到了自己的家。本以为可以一家团圆了，却得知自己被拐后，亲生父母由于对她太过思念，身体状态和精神状态越来越差，四年间相继去世，家中只剩一个十二岁就沦为孤儿的姐姐。让人敬佩的是，杨妞花凭借惊人的记忆力，协助警方抓获人贩子，并在法庭上指控人贩子的一桩桩罪行，使其最终被判处死刑。她讨回了一个公道，告慰了父母的在天之灵，这一切在网络上传播很广，得到了很多人的支持和帮助，也振奋了寻亲家长们的心灵。

　　我的寻亲直播间也有很多寻亲孩子关注，小雪就是其中一个。她曾在我直播时和我连麦，说自己是被拐卖的孩子，想找到亲人。她记得她家有四口人，有爸爸妈妈和弟弟，她在四岁的时候，被拐卖到了不能生育的养父母家里。这么多年过去了，她长大了，很想知道爸妈还在不在人世，弟弟过得好不好。

　　第二天，一个男孩子给我打电话，说昨天直播间的寻亲姐姐是他亲姐姐，还给我发来当年一家四口的照片。我赶紧通知小雪。她惊喜万分，没想到鼓足勇气在我的直播间讲述她的故事，竟然第二天就找到亲人了。

　　网络的力量确实太强大了，屡屡刷新我这个老农民的认知，但我很愿意去学习，希望用新时代的形式把"寻亲"这件事做下去，帮助更多需要帮助的人。

网络的传播迅捷又强大，但线下的公益也不可或缺，尤其是一些运用新手段的公益活动，在寻亲的具体执行中效果显著。

在我的老家山东聊城，我和当地的公益组织机构做了一个名为"天涯寻亲"的公益项目，志愿者主要是两类人群：一是出租车/网约车司机，二是环卫工人。司机师傅们每天走街串巷，拉人接客，是最好的情报联络员和追击高手。而环卫工人的工作模式是一人负责一两条马路，方圆一两公里之内发生了什么事，他们知道得一清二楚。哪里出现一个奇怪的人，哪个人行踪诡异，他们都能注意到。

如果把这两个人群利用起来，就相当于布下了严密的信息网，对于人贩子的追捕非常有帮助。说干就干，我们创建了司机师傅和环卫工人的总群，群里每个街道负责人再建小群，有寻人消息就马上发布在群里。

有一天，一个聊城本地人打电话给我，说他家女儿不见了。我询问后得知，孩子已经上高中了，不是三四岁的小孩子，大概率是离家出走。但家长很着急，担心孩子想不开做傻事。我就问他孩子是怎么走的，他说是打车走的。于是我把这个孩子的基本信息发到司机师傅群里，让他们帮忙留意，如果谁正载着这个女孩，可千万看住了。十几分钟后，就有人回复找到女孩了。

我和家长赶紧赶过去，原来是女孩考试成绩不好，家长说了几句，女孩一时气愤，想出门散散心。事情不大，但寻人的速度着实让人振奋。

可喜的是，这个"信息网"还被用于寻找患有"老年痴呆症"的老年人，或者是和父母赌气离家出走的少年郎，又或者是精神病患者，总之是顶了大用。

除了寻亲，我还接触到了另一项工作，就是寻根。

去云南省寻找郭振时，我曾经无意中拐进了一座烈士陵园，认识了负责守灵的老兵。云南省地处边界，早年间时常有危险的军事行动和任务，牺牲了不少军人，他们大部分被安葬在那座烈士陵园里。

我至今记得当年的场景。那天，我再次经历了希望破灭，几个疑似郭振的孩子都不是我的郭振，我的心情低落到了极点，到了晚上，我准备随便找个地方露宿。走着走着，好像进了一个公园，因为太累，我随手铺了一片塑料布，把衣服裹好，就地而眠。第二天醒来我才发现，原来我躺在一座烈士陵园里，周围全是烈士的墓碑。

　　奇怪的是，我心里一点都不害怕，反而很想去看看墓碑上写了什么。就这样，我绕着陵园走了整整一圈，看到无数位烈士的墓碑。墓碑上写着他们的生日和忌日，好多烈士只有十八九岁，还是个孩子啊，就这样献出了宝贵的生命。

　　就在我端详墓碑的时候，守灵的老兵走了过来，他也觉得奇怪，平时这里根本没有人来，只有他在这里陪着战友们。我们俩就聊了起来，老兵跟我说起这一座座墓碑下的士兵的故事。

　　让我揪心的是，有很多早期的烈士，由于当年通信条件受阻，他们牺牲后，根本就联系不到家人。还有一些烈士是从偏远山区、农村出来当兵的，也是因为条件有限，这么多年来，都没有人来这里祭拜过他们。

　　我也曾在网上看到过类似的信息，某些特别贫困的山区、农村的烈士家属，攒了很多年的钱想去烈士陵园看望一下自己的亲人。我的心中久久难以平静，如果没有这些为了祖国献出生命的烈士，我们也不可能享受现在的生活，如果有可能，我想送这些老兵回家。

　　后来，"让老兵回家"的公益项目得到了很多人的支持，虽然现在还处于起步阶段，但只要我们坚持，就能一位一位送他们回家，而且还能扩展到帮抗日老兵找亲人、帮抗震救灾的烈士回家。

有句话说得好：一个有希望的民族不能没有英雄，一个有前途的国家不能没有先锋。这些烈士就是我们的英雄和脊梁，他们的英灵不灭，老兵的精神永远传承。

我希望一直路上，送诸位回家。

除了创办天涯寻亲网、天涯寻亲协会，我这几年还一直在找人开发一个天涯寻亲的小程序，就是把失踪人口的信息，尤其是特征，都放上去，只要用人像、关键词对比，就能找出相关的人。比如在小程序里输入"伤疤"关键词，包括郭振两岁时的照片在内的图文信息，都会出现在失踪儿童一栏。

寻亲时一个特别大的阻碍就是地方保护主义。买家不会主动说出孩子信息，他的亲属邻居就算是想说也不敢。孩子有时候想找父母，但是记不清信息，碍于各种原因也不好公开去找。如果能通过这个程序查询，那一切就能私下里进行。

这个程序的种种功能，针对的都是我自己寻子二十多年遇到的痛点需求。至于经费，这个程序很多开发都是一些技术公司出于公益的目的无偿给做的，我一共就往里头投了几万块钱。没办法，谁让老郭不是个有钱人呢。

本书出版时，这个软件应该已经正式推出，等一切都步入正轨，我就会把这个寻亲的软件捐出去，让国家相关部门

天涯寻亲小程序页面

来接管运营。

寻亲是在寻找答案，我希望更多被命运设置难题的人，能跨越时间空间，寻到自己人生的答案。

不辜负善良

在贵州时，我认识了一位女企业家，她叫思浓，她的厂子是专门生产辣椒酱的。当地经济不太发达，很多青壮年都去外地打工，家里只剩下老幼妇孺。思浓的厂子里大多是老人和宝妈，她们利用空闲时间去采辣椒，制作成辣酱。厂子这种模式不仅解决了很多人的就业问题，还确保了辣酱的纯手工和原汁原味。可惜的是，她们只会做好产品，不懂互联网销售，销路一直打不开。

我问思浓愿不愿意把辣酱放到我的直播间里销售，她特别爽快地说，价格低点也没事，就想让大家尝尝我们的辣酱。

好东西总会得到大家的认可，这款辣酱征服了很多消费者的味蕾，有一些企业就慕名去找思浓合作，想要收购厂子。

但无论开出多少钱，她都不同意。思浓的理由很朴实，这些辣酱都是贵州山区的老人和宝妈亲手采摘制作的，她想把辣酱打造成当地的知名品牌，带动地方经济，而不是卖给别人赚笔钱就完事了。

后来，思浓不仅把辣酱厂经营得不错，还定期给云贵山区的孩子捐助学习用品，包括书本、铅笔、水彩笔、尺子之类，还陆续出资建造图书室、电脑室。

这样的企业家生之于农民，又反哺于农民，尽自己的力量传播善意、帮扶他人，我很佩服。

于是，"助农产品"陆续出现在我的直播间里，比如农村大棚里的蔬菜、县级单位推出的当地特产，甚至是农民自己制作的手工艺品。

很多网友调侃："果然宇宙的尽头是直播卖货啊。"面对这种评价，我通常一笑了之，因为我心里非常清楚我正在做什么。

在"感恩行"中，我特意在所到之处找到当地的志愿者，请他们组织当地的农户，参加县级单位的"助农行动"，这是国家牵头组织的农产品销售网。它的模式是这样的：农户把采摘的农副产品做初步的分类，按照级别卖给县级单位，县级单位找各个平台合作，尤其是在短视频、直播平台销售，然后由县级机构负责发货。这样一来，中间少了很多环节，农民拿到的钱会比坐等厂家收购的高一点。

很多人觉得，高能高到哪里去？一斤多给几毛钱而已。千万不要小看这几毛钱，对于我们农民而言，别说几毛钱了，每斤能多卖几分钱也是好的。每户农家出售的不是一两斤、十几斤，而是成百上千斤，这几毛钱的差价相当于他们多挣几千块。而且中间省了很多环节，对于消费者也是好事。

有一段时间，我帮助一个县卖菠菜。那个县的农民种了很多菠菜，但是销不出去。我特意打开各大网站，查看菠菜的价格，发现即便是新发地这种大型农副产品的进货市场，长杆菠菜的售价也是在三块五毛以上，进入市场后大概得卖四五块一斤。而那个县的菠菜收购价才两块五毛，于是我在直播间销售，不仅销路打开了，还带动了其他产品的销量。

很多人觉得公益是遥不可及的事，其实它就在我们身边，就在日常生活里。我认为，普通人对公益的态度应该是"抬一把"：能帮忙转发的东西就转发一下，有需要的东西就支持一下，身边没用的东西就可以捐赠出去……

做公益最重要的只有五个字：不辜负善良。

想当年，我在路上穷到没饭吃、没地方睡觉，那些好心人给我热饭，帮我找落脚的地方，很多志愿者直接把我领回家，让我在他们家里休息。即便是在"感恩行"中，他们说得最多的只是 ×× 的孩子还没找到，你在直播间里帮忙念几遍。我想回报这份宝贵的善意，想真心实意地去推动公益项目，去帮助那些农民卖出堆积的产品。

直播卖货不丢人，关键是我要选优质的好货，卖公道的价格，让消费者每一分钱都花得值，和我在菜市场摆个摊卖菜有什么区别呢？在决定做直播的时候，我给自己定下了一个原则，我可以卖菜、卖水果、卖辣椒酱，但唯独不卖惨。

初心不变，慢慢前行吧。

郭伟记述

　　继续在路上，帮助寻亲群体，我爸的这个想法我认为是水到渠成的。从客观来讲，他花了二十四年去干这一件事，在这方面他太有经验了，不管是疏解寻亲家长的心理压力，还是协调他们和公安部门沟通，以及网络扩散信息，他都是"熟练工"；从主观来讲，丢孩子的剜心之痛、找孩子的痛苦煎熬，他切身体会过，看着其他还挣扎其中的寻亲家长，任谁也不会无动于衷的。

　　所以，公益谈不上，他只是普通人，没有能力撑起这两个字，他所做的不过是帮助，是服务，是自己淋过雨就想为别人撑把伞。

　　关于直播间带货，我爸刚提出时我是强

烈反对的，可能我还是比较保守，总觉得挣钱就应该靠努力去挣，靠劳动去赚，多劳多得，通过流量博眼球换取利益，这或许是一种新的劳动方式，但跟我爸不相干。我比较认可的一些直播带货，是读书达人卖书，运动达人卖运动鞋，总归跟主播的专业相关，这样才能让人信服。

我爸的专业是什么？去卖书、卖鞋、卖锅……我第一个就不相信他说的。

但是后来，我相信他了。

他说的"直播带货"和我理解的不一样，他想做的是促进农产品的销售，如今经济下行，很多商品都在降价，可是谷贱伤农啊，农民本来靠土地刨食就很难，收入本就不多，如果一斤庄稼降一毛钱，对农民的收入就有很大影响。

我爸说去过某地的菜农家，那里家家都种大白菜，菜市场至少几毛钱一斤，但那里两分钱一斤都没人要，如果再没人去收，很快就要全部烂在地里了，菜农们心急如焚，却没有办法。

他于是在直播间帮那些菜农卖白菜，价格比菜市场的还要便宜很多，两三天就给处理完了。

如果这也属于"带货"，那带一带也未尝不可。那些白菜我家在吃，菜农们自己也在吃，没有欺骗，没有高价，本质上还是服务大众。

　　我爸大半辈子都是面朝黄土背朝天的农民，我是乡间地头长大的农民的儿子，不管时代如何剧变，科技如何改变生活，务实、勤劳永远是我们心头的一杆标尺。就像我爸说的，一个人活着，顶天立地的，总不能靠投机靠卖惨吃饭吧。

尾声：二十四年的记录与见证

　　二十四年，我从一个二十多岁的青壮年，变成如今两鬓斑白的中老年人，时间忽快忽慢。一次次希望破灭时、一次次艰难前行时，觉得度秒如年，时间仿佛被调成了慢动作，但如今回头看，又觉得倏忽间二十多年飞驰而过，仿佛眨眼之间的事。

　　《中国经营报》曾这样报道过我："没有比你更深重的苦难，没有比你更宽广的河山。——写给《失孤》原型郭刚堂和所有苦苦寻找孩子的父母。"这篇报道看得我热泪盈眶，这句话更是直戳我的内心。苦苦寻找孩子的父母，所经受的剜心之痛是无法形容的，这种苦难是生命无法承受的重。

　　当时行在路上未多想，八千多天里一门心思去做一件事——寻找儿子郭振，但回想起来，走过那么多路，见过那么多人，还有另一件更重要的事刻进了我的心里：见证了祖国这二十多年的巨大发展。

1997 年，我的老家刚刚开始基础建设，很多地方别说柏油马路了，连土路都不平整，又窄又颠簸。一到晚上，主道路两旁的路灯都很昏暗，勉强只能照个亮，稍微偏一点的道路几乎都没有路灯。那时候，家家户户最不可少的家电就是手电筒。

在其他一些相对落后的省份，尤其是西部地区，交通就更不便利。记得我第一次骑摩托车到四川、云贵地区时，几乎全是盘山路，而且道路特别窄，路况也不好。周围几乎没有路灯，一到晚上黑灯瞎火的，只能靠摩托车的灯光勉强照亮前面一小段路。

短短几年后，我再次出门时就便利了很多，聊城连同周边的县城、农村都修建了柏油马路，通了车。全国几乎都有高速公路和国道了，很多县城都铺了柏油马路，那种比较颠簸的土路只有往村子里走的时候才有了。有了公路，自然也有了路灯，即便是晚上，也不至于看不清前方的路。行在路上，有种时隔几年大变样的感受。

到了"感恩行"那次，云贵地区、四川省都架起了高架桥，那些盘山路也都比较宽了，至少是双车道，旁边还有应急车道。两旁的路灯更明亮了，晚上远远看过去，像一条闪着光的巨龙盘在山上，非常壮观。

正应了那句话，要想富先修路，西部地区经过这二十多年的建设，早已发生翻天覆地的改变。很多原先只能守在山间地头的农村人纷纷走出去，中年人是出去打工赚钱，年轻人是出去上学读书，一代又一代人的前行，终于让这些相对偏远的地区变了容貌。

第二个很深的感触是，科技的发展不仅能够丰富我们的生活，也推进了公安系统侦破各种案件。樊警官曾说过，为什么当年拐卖儿童的案件比较多呢？因为缺少侦办手段，缺少有力证据。一个孩子、一位妇女在大街上突然不见了，是谁带走他们的？不知道。因为没有监控，也没有留下任何物证。即便是找到了被拐的人，如果他自己忘记了，或者被吓得说不清自己来自哪里，等于线索又断了。

现在好了，全国各地的大街小巷里布满了监控设备，几点几分发现孩子不见了，马上就去调监控视频，很快就能查到是谁带走的，根据这个线索再去寻找嫌疑人走了哪条路，去了哪里，顺着摸排下去。而且这些监控视频就是最有利的证据，只要抓住人贩子，就能定罪。再加上有了 DNA 数据库，警方还有人脸识别系统，都是科技改变生活的真实写照。

对于我这样的寻子家长来说同样如此。想当年，我为什么会选择骑行寻子呢？最主要的原因就是信息的辐射面积太小，传播不出去。我是李太屯村的，丢了孩子的事情也就传出方圆五十公里，如果不骑行、不印发宣传单，想让聊城的人知道郭刚堂丢了孩子，请大家帮忙找一找，都得花好几天的工夫。现在不一样了，用手机拍摄一个视频、做一场直播，全中国的受众都能看到，效果立马就上来了。所以，有了科技护航，"寻亲"这项公益就有了保障。

寻亲家长再也不用花钱去印刷寻亲启事，也不用躲着城管、保安到处张贴了，只需要找到各个领域的公益达人，做直播、拍视频，发微博，很快就能得到反馈。找到疑似的孩子，也不用再发愁是不是了，做个 DNA 检测，谁也无法抵赖。

二十四年的坚持，换来了郭振的回归。有人问我，现在是否还有什么遗憾？其实是有的。文革嫁给我之后，没过上什么好日子，连高档一点的餐厅我都没带她去过，仅有的几次去比较高档的餐厅吃饭，还是录制节目时人家款待的。我计划着，等还完贷款之后，就带文革出去旅游一次。到时我们坐飞机去，坐高铁回来，享受一下生活。

另一个遗憾是没有好好陪伴郭伟和郭泽。尤其对于二儿子，我心里是有愧疚的，为了找郭振而忽略了他。记得第二次录制《鲁豫有约》的时候，鲁豫姐特意问了很多关于郭伟的点滴，还提醒我要多关心郭伟。在节目结束时，我特意请鲁豫姐给郭伟写点什么，她写下这句话："郭新伟同学：好好学习，争取考上清华大学。"这张纸条郭伟现在还留着，当作对自己的激励。

人生在世，我希望自己的每一天都没有白活。曾经，我为了寻找儿子苦苦坚持，一路上见到了太多悲欢离合，尝过了太多酸甜苦辣。如今，我找到了未来要走的方向，继续在路上。

用善意回馈别人的帮助，用爱心传递人世间的温暖。这个世界，总会变得更美好。

最后，愿天下无拐！

愿大家幸福平安！

郭刚堂

2024 年 4 月

后记：未完待续

和我爸一起写作这本书，初衷不是为了再现老爸郭刚堂的二十四年寻子路，那件事已经有很多媒体撰文报道，他们比我们写得好太多，电影《失孤》和一些微电影也已经讲述得很全面了，而是出于一个儿子和父亲的心灵共振，是一个父亲向儿子的全面坦诚，一个儿子试图对父亲的感同身受。

在我的成长过程中，老爸缺席很多，他质朴而本能地爱着我，我对于他也是如此；他坚韧也固执，善良却老好人，他真实、鲜活、不完美，我也一样。希望通过这次触及内心深处的、无数个夜晚的长聊，在父子心中铺路架桥，最终使两颗心的交流畅通无阻。这也是"寻亲"

之路，只不过这一次，由儿子来发起。

小时候，老爸喜欢和我掰手腕，可能是小孩子长得快，他每次回来都会发现我又长高了，就会和我掰两下。刚开始，我两只手一起上，渐渐可以一只手迎战了，终于有一天，他上了两只手，还是输给了我。在我哈哈大笑高兴不已的时候，他无奈地摇头，眼神里却是比我更高兴的笑。

我家有一本老相册，里面有爸妈结婚的照片，有我哥两岁半前那几张珍贵的照片，有我和我弟的百天照、生日照，有我的毕业照、结婚照，还有我们的全家福，他没事就喜欢看，一边看一边感慨，孩子长得太快了。我这两年回家时也会翻看，却发现老爸年轻时很帅，很壮实，头发留得很长，老妈年轻时很漂亮，如今都满头白发，饱经岁月风霜。

我有时会想，如果每个家庭是一颗种子，那么别人家的种子都被播种在泥土里，我家的这颗却意外掉落在旁边的水泥地上，任凭如何努力却无济于事，但这颗种子始终不放弃，最终刺破坚硬的水泥地，成功把根扎进了泥土。

从小到大，我家都很穷，小孩子一般注意不到谁家穷谁家富的，但我家的贫穷，已经让我一个粗线条的男孩子都无法忽视。当时班里只有我一个人住在农村，每天要从村头坐公交车去学校，学校门口没有公交车站，要坐到学校斜对面的小区门口下去，从那里走到学校。而那个小区里，住着我的很多同学，他们每天都是家长开车接送上学。

我上大学的那几年，爸爸依然大部分时间在外面找孩子，家里没什么收入，我妈去给人家做保洁，一个月三千元，供我和我弟上学，供家里开销，即使已经非常节俭了，但还是不够。

我姥爷八十多岁了，退休金并不高，他省吃俭用一辈子，衣服上都是补丁，却经常揣点钱或拿点东西贴补给我妈。

我二姨更是对我们非常照顾，我爸出门找孩子，我上大学，都需要钱，但我家积蓄全无，就跟她家借了五万，她不仅从未催款过，还在后来我妈找她还钱时直接把欠条撕了，没有要那笔钱。

小时候我特别喜欢去大姨、二姨家串门，原因很朴素，因为她们家有好吃的。她们两家都不远，骑电动车半小时就到了，少年时期长身体，特别容易馋，饭量也大，想加餐的时候我就会轮流去大姨、二姨家，不仅每次都吃好吃饱，回来的时候还能拎好几兜子。

这一切我爸肯定是知道的，但他仍能咬牙出去找孩子，二十四年万里走单骑。曾经的我是不理解的，如今我全然懂了，而且非常佩服。正如他所说，只要他还在找，就还有希望，我妈就能撑住一口气生活下去。

这是何等的毅力！我骑过摩托车，夏天很晒，冬天很冷，骑一会儿还行，时间长了就腿疼屁股疼。但是他一骑就是二十多年，骑坏十辆车，多少次摔倒在陌生的异乡小路边，无数次遭遇冷脸甚至排斥，又无数次和危险擦肩而过，无数次陷入绝望崩溃的边缘却必须振作起来，时刻承受对家庭的愧疚却不能放弃寻找，这一切对于问路都不好意思的我来说，之前是从未想过，如今却是难以想象。

这份执着让我震惊的同时，其实已经影响了我，我和很多年轻人一样，拖延症严重，但我认准了的事，一定会去做，一旦开始了，就算速度慢点，也一定会妥善收尾，不愿意不了了之。而且，我很享受一个人做事的感觉，独立地去完成一些事，方方面面自己做计划、协调并落地执行，这种孤独行进的方式，也是受到他潜移默化的影响。

还有一点我以为是与他不同，后来竟然发现和他一样——他心疼老婆，我心疼老妈，我们爱的是一个人。他觉得这么多年最亏欠的是老婆，我也这么认为，曾以为更亲近老妈是和他的疏远，如今恍然发现，那是爱的闭环，是亲情的殊途同归。

我的老妈，如果用三个字来形容，就是"不容易"，可是这三个字远远不能概括她。如果用酸甜苦辣形容一个人经历坎坷的话，那她经历最多的是苦。

孩子丢失，对一个母亲来说绝对是毁灭性打击，她背负着这种打击，每天在心如刀绞中煎熬，还要照顾老公，照顾两个孩子，又要挣钱养家，并且考虑亲情往来，苦苦支撑一个家。更难的是，她默默承担了所有这些苦，在孩子面前还是耐心平和的。因为她挡住了狂风暴雨，我整个童年都非常快乐。

长大后我才明白这个快乐童年有多么可贵，这种庇护的含金量有多高。

我经常跟我妈开玩笑，如果我哥没丢就好了，我和我弟可能就不知道在哪了，或许在非洲大草原被狮子追呢，但你们一家就能快快乐乐的了，你就不会受那么多苦了。

我妈总是笑着反手给我一巴掌。她不知道，我真是这么想的。

以共同执笔的方式参与老爸这段人生，我感受到的不仅是深沉的父爱，更是二十四年时光的具象刻度。它如流水般淌过一个普通人的青春，流过一个普通家庭的兴衰，勾勒出我们国家快速发展的时代印记。时间不语，却回答了所有问题。

然而，时间滚滚向前，所有故事都没有结束，我爸二十四年寻子路走完了，却并没有画上一个浓墨重彩的句号，只能写下一个逗号，真正团圆的新篇章未完待续。

在很多人心中，认亲就等于大团圆了，之后就鲜少关注了，实际上，这才仅仅是个开始。我很想做一项社会活动，调查一下：那些年找到家的被拐孩子现在怎么样了？融入原生家庭了吗？和父母家人关系如何？适应新的家庭关系了吗？

我很期待看到美好结局，也期待更多人对"认亲后续"投入更多关注。

郭新伟

2024 年 6 月

附录

1997 年—2017 年

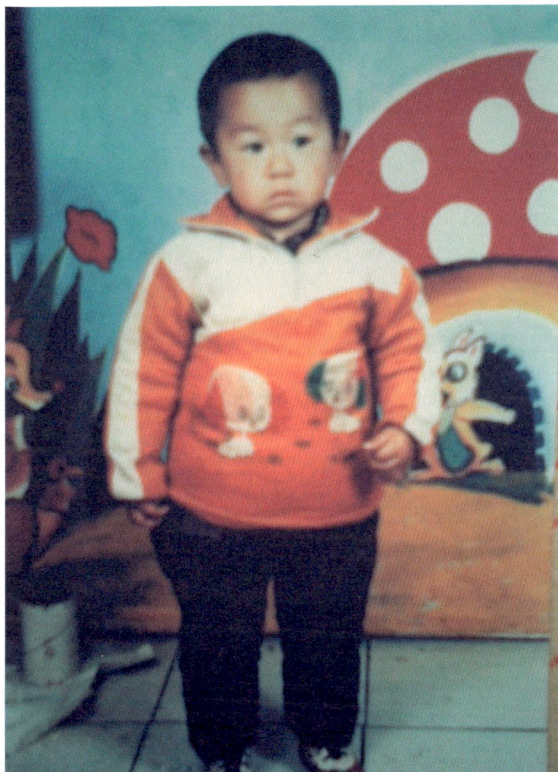

1997年起，郭振这张照片至少被印在几十万张寻人启事上，也在摩托车后的寻子旗上始终陪伴我

寻子地图有很多张，这是其中的全国地图，标红点的是我曾骑行过的地方

我在路上用过的一小部分地图

寻找郭振的路上，不记得是第几辆摩托车了

2017 年"全国行"，在深圳郑楚泽的爸爸家里，通过"一直播"的形式帮助寻亲家长扩散信息。左二郑楚泽爸爸、左三孙海洋、左四是罗妙全爸爸

2017 年"全国行"，在广东汕头市吴铭淞父母开的包子店里，孩子一天找不到，包子店一天不撤

偶尔回家，二儿子郭伟会骑上我的寻子摩托车

陈士渠主任当年写的《卜算子·打拐》让我的寻亲路走得更坚定

感谢鲁豫姐，给了我莫大的帮助，还给郭伟写了鼓励的话